奪われた婚約

朝海まひる

イースト・プレス

contents

序章　牙と罅《ひび》

最初は衝撃が大きすぎて、焼け付くような痛みが何からもたらされたのか、幼いフレイ・ペルディンにはわからなかった。

本能で身を丸め、守るように胸元に引きつけた手のひらを、覗き込むようにして確かめる。瑞々しく柔い手のひらの皮膚は、肉を抉《えぐ》るように大きく裂け、溢れんばかりに血を零していた。

上質な絹のブラウスとズボンが、見る間に赤く染まっていく。

「……あ」

まるでそこが心臓になったかのように、どくどくと脈打っていた。熱いということだけしかわからず硬直していたフレイの耳に、轟音《ごうおん》がもたらされる。

それが愛犬の咆哮《ほうこう》だとわかったのは、体当たりするようにのし掛かられたからだ。興奮に息を乱した唸《うな》り声をあげ、肉を裂くために発達した牙が並ぶあぎとがフレイに迫る。それは首元を掠《かす》めてブラウスの襟を引っかけ、容易《たやす》く裂いた。

引っ張られる力に負けて、幼い体が地面に引き倒される。胸元からボタンが数個跳び、フレイは恐怖に震え上がった。

芝生に這いつくばりながら、首元にかかる熱い息に思考をもっていかれる。幾重にも重なる恐怖に、同じだけの疑問も降り注いでいた。

「ケヴィン、どうして」

六歳の誕生日に父親からプレゼントされたときから、片時も離れず共に過ごした、フレイにとってはかけがえのない弟のような存在だ。

愛していたし、愛されていたはずなのに――。

与えられた灼熱の痛みに、大きな瞳が潤《うる》む。

「――ぁ」

硬い牙が細い首に触れた瞬間、フレイの心の内側で、何かにパキリと罅《ひび》が入った。

「おやめなさいッ」

幼くも凛とした声に、フレイに喰い込もうとした牙が離れる。

標的が逸れる気配にフレイは慌てて顔をあげたが、現れた幼なじみは向かってくる大型犬に怯むことなく「ステイ！」と強い語調で命令した。

びくりとケヴィンの体が震え、その場にぴたりと止まる。綺麗な翡翠《ひすい》色の瞳に見据えられて、ケヴィンは命令されてもいないのにその場に伏せた。

先ほどまでの興奮が嘘のように、ただ指示を待つ眼差しを向ける。

唐突に、彼女のようになりたいとフレイは思った。

右手のひらからこぼれ落ちる熱い痛みを感じながら、彼女のように毅然《きぜん》と佇《たたず》み、他者を支配する存在になりたいと強く願う。

そしてそれと同じくらい、罅割れて欠けた心の穴に、彼女を填《は》め込んでしまいたかった。

もう二度と、愛犬に裏切られることがないように。

もう二度と、大切な存在に裏切られることがないように。

第一章　王子様の面の皮

冬の名残も消え、暖かい日が続く五月に入ると、各地から貴族たちが祖国《エルヴィナ》の首都、セレトナに集まってくる。

議事堂で開かれる議会へ出席するためだが、それを実行するのは一部だけ。実際は昼夜問わず開かれる舞踏会や晩餐《ばんさん》会に足を運び、人脈を広げつつ遊び倒すのだ。ガネット伯爵の末娘であるスティラ・ガネットも、当然ながらその流れに巻き込まれていた。

異性の話で盛り上がる年頃の令嬢たちを尻目に、バルコニーから庭園を見下ろす。

大きく膨らんだ花のつぼみが次々と開き、若葉生い茂るこの季節が、スティラは一番好きだった。生命力溢れる枝葉が庭園の造形を乱そうとするのを、庭師が必死に整える姿を垣根の奥に見つけ、微笑《ほほえ》む。

「そんなふうに微笑めるなら、庭園にいる殿方にも向けてあげればいいのに」

「微笑む理由がないわ」

声を掛けられ、スティラは隣に腰掛けていたリーシラを見た。ティシトレ子爵自慢の三姉妹の次女で、緩やかなウェーブを描くハニーイエローの髪と瞳が愛らしい。

小柄なこともあり、よく一緒にいるスティラと同じ歳に思われがちだが、実際には十九のスティラよりも三つ年上だ。

淑女らしい穏やかな性格をしているが柔軟な考えの持ち主で、スティラは彼女を姉のように慕っていた。

女性を軽視する社会を時代遅れだと考えるスティラの気の強さは周囲を遠ざけがちなので、親しい友人はこのリーシラだけと言っても過言ではない。

「またそんなことを言って。殿方はシャイなんだから、少しは隙を作ってあげないと、貴方に声をかけられないわよ」

「馬鹿馬鹿しいわ。隙を作ってやらなくちゃ声も掛けられない腑抜けに興味はないもの」

「手厳しいわね。ガネット夫人が気を揉むのも当然だわ」

「お母様は心配しすぎなのよ。わたしはまだ十九よ？」

ステイラの母親であるフィーナは、七人姉弟の長女として育ったため、昔から心配性なのだ。そんな彼女の目下の心配事は、年頃となった娘の嫁ぎ先だった。

「貴方の場合、心配のタネは年齢じゃなくて性格でしょ。若さが武器になるうちに、と思ってるんじゃないかしら？　歳を取ってからじゃ、致命的だもの」

「どういう意味よ」

「そのままの意味よ」

ステイラが横目で睨《にら》むと、リーシラは手にしていた扇子《せんす》でステイラの髪を軽く掬《すく》う。それはさらりと流れて肩口に落ちた。

「相変わらず綺麗な髪ね。これだけ艶やかで真っすぐなら、赤毛でも羨ましいわ。睫毛も長いし、翡翠色の瞳は見る者を吸い込んでしまいそう。気むずかしげに吊り上がった目尻は勝ち気だけれど麗しいし、鼻筋も通っていて厚めの唇はバラ色。肌は白く、手足も長い。胸は控えめだけれど、腰のラインには殺意を覚える……のに。……はぁ」

人の容姿を褒めそやしたくせに重い溜め息をつかれ、ステイラは僅《わず》かに頬を引き攣《つ》らせた。

「な、何が言いたいのよ」

「誰もが羨む美貌を神様から授かっているのに、舞踏会でダンスも申し込まれないなんて、由々しき事態なのよ？　スティラはもっと危機感を持つべきだわ」

「申し込まれないわけじゃ――」

「フレイは数に入れちゃだめよ」

言い訳を口にしようとしたところで間髪を入れず指摘され、思わず口ごもる。だが、伝えたかった言い訳はそれではないので、スティラは再び口を開いた。

「あんな奴、頼まれたって男として数えないわよ。わたしが言いたいのは、」

言葉半ばで、隣のテーブルで談笑していた令嬢たちが唐突に色めき立ち、一気にバルコニーの手摺りに寄る。思わずスティラも視線を向けると、うんざりするほど見慣れた黒髪の美青年が、色とりどりのドレスを纏《まと》った令嬢たちに囲まれていた。

「噂をすれば、ね」

「してないわよ」

リーシラの言葉に、棘のある声音を返す。早々に視線をテーブルに戻し、スティラは紅茶を一口飲んだ。

「はぁ、今日も素敵。こっちを向いてくださらないかしら」

「ここじゃダメだわ。下に降りましょう」

「私は無理。緊張してしまって、とても近づけないわ。ここから見つめるだけで、心臓が止まりそうだもの」

「そんなことじゃ、貴方の王子様が他の女に取られちゃうわよ」

無視をしたいのに隣の集団が騒ぐせいで、どうしても下を意識してしまう。

忙しなくバルコニーを出て行く背中を睨み付けていると、リーシラがお節介なことを口にした。

「貴方も下に降りたら？　三月四月とフュレットの別荘に行っていたのなら、会うのは久しぶりでしょう？　幼なじみなんだから、声くらいかけてあげなさいよ」

「なんでわたしからフレイに声をかけなきゃならないのよ。いくら幼なじみだからって、そんな義理はないわ」

「え、幼なじみって、フレイ様と？」

思わず語尾を荒げてしまい、一人残っていた栗毛の少女に反応される。ステイラは舌打ちしたい気持ちだったが、伯爵家の娘であるプライドで堪えた。

そっと深呼吸して気を沈め、社交的な笑顔をつくる。

「幼なじみといっても、親しいわけじゃないのよ。父親同士が寄宿学校時代からの友人で、領地も隣接しているから、顔を合わせる機会が多いだけなの」

「でも、お知り合いなのでしょう？　お願い、私を紹介して！」

さっきは遠目から見つめるだけで心臓が止まりそうだと言っていたのに、縁が出来そうだとわかった途端に積極的になる。

スティラとて結婚するなら容姿端麗で血筋のいい男がいいと思っているので、それを悪いとは思わないが、巻き込まれるとなれば話は別だ。

「フレイ様のご趣味はなに？　好きなお料理は？　お菓子は？　黄色はお好きかしら？今日のドレスは大丈夫だと思う？」

矢継ぎ早に問いかけながら迫られて、スティラは椅子から立ち上がった。彼女の思わぬ剣幕に、話を振ったリーシラも少し申し訳なさそうにしている。

だがスティラにとってこの状況は、非常に不本意なことだが慣れた事態だ。

仕方が無いと肩を落としつつ、テーブルと椅子の隙間から抜け出して、栗毛の少女の肩を摑む。

「質問の答えは生憎《あいにく》持ち合わせていないので答えられないけれど、一つだけ教えてあげられることはあるわ」

「なに？」

「王子様は、遠くから見つめているときだけ、乙女に夢をくれるのよ」

「え？」

真剣に告げたスティラの顔を、栗色の瞳がぽかんと見つめる。しかしそれはすぐに敵意に歪《ゆが》んだ。その瞬間、ああ、この言い方も駄目か、と悟る。

「なんなの貴方。私を馬鹿にしているの？」

「いえ、そんなつもりは――」

「嘘だわ！　貴方、幼なじみという立場を利用して、本当は邪魔者を排除しようとしているのね!?」

そうはさせないわと息巻いて、栗毛の少女もバルコニーを出て行く。

スティラは暫く呆気にとられていたが、我に返ると眉間を細い指先で押さえた。

「どうしてもこうなるのね」

「王子様の毒気から守ってあげようとしているだけなのに、なかなか貴方の誠意は伝わらないわね」

スコーンに薔薇《ばら》のジャムを塗りながら、他人事のようにリーシラが呟く。

「極限まで根性が歪んだ男を捕まえて、なにが王子様なんだか。みんなの目は節穴だわ」

「フレイは他の殿方と比べてもすごく気が利くし、話も面白いし、とても紳士だもの。貴方の言う曲がった根性を知らなければ、王子様に見えるわよ。滅多にお目にかかれないような美形だしね。私も、貴方の言葉を信じてるだけで、実際に彼が暴言を吐くところなんて見たことはないし」

「暴言じゃないのよ。そうじゃないの……。あいつの腹黒さはもっとこう、複雑なの！」

ちょうどいい言葉が見つからなくて、スティラがもどかしさに歯噛みすると、まあまあと宥めるようにスコーンが差し出される。

それに大好きなクランベリージャムがたっぷりと塗られていることに心癒されて、スティラは大人しく頬張った。

「ん。このジャム、酸味と甘味が絶妙ね。おいしい」

「紅茶もどうぞ？」

「ありがとう。……わたし、これを飲んだら帰るわ」

「もう？　お茶の後で、ヒルダに庭園を案内してもらう約束はどうするの？」

「申し訳ないけれど、フレイがいるのに長居したくないの」

「本当にフレイが嫌いなのね……。でも残念だわ。貴方と気が合いそうだから、紹介したかったのに」

どうして会ったことのないヒルダの屋敷に連れてこられたのか、誘われてからずっと疑問に思っていたことの答えを知る。

リーシラのささやかな優しさに、スティラは胸を熱くした。

友人の少ないスティラのために、縁を繋いでくれようとしていたのだろう。

「本当にごめんなさい。よかったら、今夜の舞踏会に一緒に連れてきて」

「わかった。予定を確認しておくわ」

別れの挨拶をリーシラの頬にし、同じように返してもらう。笑顔を交わし、スティラはバルコニーを後にしようとしたが、一度だけ足を止めた。

「わたし、小さい頃はフレイのこと嫌いじゃなかったのよ。とても優しかったし。だけどいつからか、フレイがわたしを嫌いになったの。フレイがわたしを傷つけようとするから、わたしは彼を嫌いになったのよ」

「そうなの？」

そうよ、と口の中だけで呟いて、スティラは廊下に出た。

階段を下りたところでヒルダと偶然会えたので、今夜の準備を理由に辞去を告げ、招待の旨も伝える。

招待状がないことをヒルダは気にしたが、詳しいことはリーシラに訊いてくれと説明を丸投げした。

そんなに堅苦しい舞踏会ではないので、リーシラの友人として一人増えたところで、フィーナも咎《とが》めたりはしないだろう。

屋敷の使用人から預けていたケープと日傘を受け取り、大広間へ向かう。そこからエントランスへ抜けようとしたところで、スティラの肩を引っかけるように一人の少女が駆け抜けていった。

驚きに振り返ったスティラの瞳が、涙に濡れた少女の顔を一瞬だけ捉える。

「どうしたの、お待ちになって」

スティラの引き留めに、少女は一瞬足を止めたが、すぐに怯えたように身を震わせてまた駆けだしてしまう。

何に怯えたのかとスティラが大広間に視線を向けると、すべての答えがそこにあった。

夜闇のような黒髪に、涼しげな目元に飾られた真っ青な瞳。優雅に整った鼻筋に少し厚めの唇は綺麗な杏《あんず》色だ。一見すると女性的な容貌だが、力強い輪郭と百八十の長身が、彼を美青年にしていた。

駆けだした少女を追っていた瞳がスティラにぶつかると、フレイ・ペルディンは実に柔らかく微笑んだ。

「やあ、スティラ。久しぶりだね」

「フレイ。貴方が彼女を傷つけたのね？」

「傷つけたつもりはないよ。彼女が牛みたいに大きな胸をぐいぐいと僕の腕に押しつけてくるから、『暑苦しいから離れてくれ』と言っただけだ」

「……相変わらず、真っすぐな物言いね」

「回りくどい言い方をして、誤解させる方が可哀想だろう？」

そう言う顔が笑っている。

フレイはきっと、彼女の耳元に唇を寄せ、甘やかだと自覚している声音で先ほどの言葉を告げたのだ。

期待させてから、突き落とす。

そうやって恋心を弄《もてあそ》ばれて、泣かされた女をスティラは何人も見てきた。

容姿と柔らかな物腰に騙されて、自分こそが恥ずかしいことをしてしまったと、悔いて泣かされる。

本当は、フレイが意図的に傷つけているのに。

「そこに誠意がないなら、突き飛ばされたほうがマシよ」

「そんな酷いこと、僕にはできないよ。女性は優しく扱わないと」

「泣いて逃げた彼女を嬉しそうに目で追っていたくせに、よく言うわ！」

「おや、気が付いていたの？　だって可愛いかったんだ。ごめんなさい、って真っ赤になってた」

「貴方って人は――ッ」

あからさまな色仕掛けもどうかと思うが、指摘されて恥じらうような少女だったのだ。きっと、自分の武器はこれしかないと、とても勇気を出したに違いない。

迫られ慣れているフレイなら、絶対に見抜いていたはずだ。

強引で自信過剰な女だったならともかく、少し引けば怯むとわかる少女を、どうして辱める必要があったのか。

彼女のためというよりもフレイが気に食わなくて、スティラはキッと眦《まなじり》を吊り上げた。

「三ヶ月経っても、相変わらず最ッ低ね」

「正確には二ヶ月と二十三日ぶりだよ。すごく君に会いたかった。セレトナの町屋敷《タウンハウス》に移る前に別荘に寄ると教えてくれていたら、僕も行ったのに」

「絶対に嫌よ」

「つれないなぁ……それに、意地悪だ。日に日に吊《つ》り上がっていく君の目尻を観察する僕の愉《たの》しみを、君は二千十六時間も奪った。僕は君の目が縦になる瞬間を見届けたいのに」

「――ッ」

淑女であることを忘れて怒鳴りたいのをぐっと堪え、スティラは意識して深呼吸をした。

気を落ち着かせようとしている姿を楽しげに眺めてくるフレイを、ゆっくりと瞬きをすることで遮る。

「残念だけれど、そんな日は一生来ないわ」

「それは僕に一生見つめていて欲しいってこと？　情熱的だね」

「――そうね。貴方の瞳はとても綺麗な青だもの。今すぐえぐり出して、手元に置いておきたいわ」

言うなりスティラは手にしていた扇子をフレイの目元に突きつけたが、すかさず掴まれる。それはそのまま奪われ、フレイの手で弄ばれた。

「扇子じゃ僕の瞳が潰れてしまうよ。欲しいなら、もっと優しくしてくれないと」

「――返して」

馬鹿馬鹿しい会話を放棄してスティラは手を伸ばしたが、フレイが大きく一歩前進してきて面食らわされる。

密着するような距離にスティラが思わず上体を反らすと、見上げていたフレイの顔がぐっと近づいてきた。

「な、なによ」

大嫌いとはいえ、王子様のような美貌が至近距離にあるのは心臓に悪い。スティラは声を引き攣《っ》らせたが、フレイは気にした様子もなく声を潜めた。

「今夜の舞踏会、楽しみにしてるよ」

「来るの!? 嘘でしょ？」

「行かない方が失礼だろう？　父が招待されているのに。それに――僕がいないと困るのは君だ」

「――こ、困らせてるのは、貴方でしょう？　いつも邪魔して！」

「いつも？　いつもという表現は誇張しすぎじゃないかな。僕の記憶違いでなければ、君をダンスに誘う勇者が現れる回数は、稀《まれ》と表現するのが正しい」

なにが勇者だ。気が強く敬遠されがちなスティラをダンスに誘う男を勇者だというのなら、それを意地悪く邪魔するこの男は魔王だ。

それも、ダンスに誘われたスティラの喜びをぶち壊したいという理由だけで！

「どっちでもいいわよ。とにかく、今夜だけは来ないで。絶対に邪魔しないで！」

「君の嫁入り先を心配して、夫人が開く舞踏会だもんね。さぞ招待客にも気合いが入っているに違いない。そこに僕を入れてくれたことを、僕は光栄に思うべきかな？」

「馬鹿じゃないの。母が勝手に勘違いしているだけよ」

「ああ、君はどのパーティでも僕と踊るからね。僕しか誘わないから」

「だからそれは貴方が、」

「ん？」

「――もういいわ。黙って」

わざとらしい笑みから顔を逸らし、スティラは唇を噛んだ。

絶対にフレイとの結婚はないと、スティラはフィーナに何度となく伝えているが、現状がその言葉の説得力を欠かせている。

気が強い性格のスティラは、美しいが神経質な印象を与える容貌と相俟《あいま》って、異性に遠巻きにされているため、舞踏会に出席してもダンスに誘われることが滅多にない。

そして数少ない希望もフレイによって摘まれてしまうため、結局は勝ち誇ったようにダンスを申し込んでくるフレイと踊るはめになるのだ。

無視出来ればいいのだが、伯爵令嬢であることに誇りをもっているスティラは、壁の花となる自分を許せなかった。

だが、今回はいつもと状況が違う。

招待される者達も、それとなく意図は察しているだろうから、今が好機と勇気を出してくれる男性は現れてくれるはずなのだ。

フレイさえいなければ、たぶん――きっと。

断言できないところに己の業を見た気がしてスティラは気落ちしたが、だからといって、控えめで男に逆らわない女になど死んでもなりたくはない。

従順と献身だけが女の美徳とされた時代は、もう終わるのだ。

「君のために必ず行くよ、スティラ。だからそんなふうに不安そうな顔をすることはない。君に恥をかかせたりはしないよ」

「嫌がらせも限度を考えてやらないと、痛い目みるわよ」

「今日も君が僕だけと踊ったら、婚約でもさせられる？」

「母は勝手に確信して、ペルディン伯爵に打診するでしょうね」

「それは困るなあ。でも、僕に婚約を断られる君――というのも面白いかな？」

「母の面白い顔なら見られるんじゃないかしら？　楽しみたいのならばどうぞ」

「君じゃないなら、つまらないよ」

「……最低」

スティラの言葉に、フレイが口元を扇子で覆う。

笑っているのだとわかるだけにスティラは苛立ったが、フレイがぱちりと扇子を閉じたことで、文句を言うタイミングを奪われてしまった。

「しかし、世の中は不公平だね。彼女の胸は牛みたいだったのに」

とん、と扇子がスティラの胸元に押しつけられ、フレイの指先が僅かに丸みをなぞる。

「なっ⁉」

あまりの出来事にスティラは絶句したが、フレイは憐れみを滲ませた視線を残して、その場を立ち去って行った。

姿が人波に呑まれてから、ようやく胸元を押さえる。

小ぶりな胸元を手のひらで感じると、じわじわと怒りが湧いて、スティラは身を震わせた。

「――なっ、んなのあいつ！　信じられない！」

第二章　公爵様とワルツを

　繊細な細工の施された水晶で作られたシャンデリアが輝く大広間《サルーン》で、ステイラは戸惑っていた。幾重にもレースが重ねられた広口の袖《そで》が、サテン地のダブルスカートを飾るリボンに触れて、さらさらと音を立てる。

　美しい銀灰色のドレスは、ステイラの赤い髪をより美しく見せてくれるので気に入っていたが、それを溜め息交じりに眺めてくれる異性の視線を楽しむ余裕もない。

　招待客への挨拶から解放されたはいいが、真っ先に寄ってくるだろうと思っていたフレイの姿が見当たらなかったのだ。

　ステイラが招待されている舞踏会であれば必ず早い時間に現れ、嫌味の一つも言いに来るのだが、今夜はその影すら見当たらない。

ステイラが嫌がるとわかっていれば大喜びで実行する男が、来ると宣言したにもかかわらず不在というのは、なんとも肩すかしだった。

いないならいないで幸いなはずなのに、妙に落ち着かない気持ちにさせられて、ステイラは眉間《みけん》に皺《しわ》を寄せた。

父親のジェドが気に入りの画家に描かせた天井画の天使たちと見つめ合ってから、今一度、目を凝らすようにして大広間を見渡したが、やはり見当たらない。

フレイの不在が、思っていた以上にステイラを緊張させていた。

今宵の舞踏会の目的を招待客も理解しているためか、常より異性から向けられる視線が多い気がして、ごくりと唾を呑み込む。

(大丈夫よ。誰かが、声をかけてくれるはず)

心臓は早鐘を打つようだったが、ステイラは平静を装い、人を捜しているふりをしながらゆっくりと移動した。

何度か声を掛けようと近づいてきてくれた若い男がいたが、ステイラに一瞥《いちべつ》されると、まるでメデューサに睨まれたかのように怯んで足を止めてしまう。

ステイラに自覚はなかったが、緊張のせいで表情の失われた美貌は氷のように冴えており、翡翠の瞳は孤高の女王のように来る者を拒んでしまっていたのだ。

視線はあるのに、誰もが遠巻きにスティラを見ている。

一歩進むごとに緊張は焦燥に変わり、スティラは微かに唇を歪ませた。

意図して通りにくい人混みを選んで進んだにもかかわらず、スティラは大広間から庭園へ続く扉の前まで辿り着いてしまったのだ。

美しい螺旋《らせん》が彫られた扉は開け放たれており、風が夜闇の匂いを連れてくる。

一歩外に出てしまえば喧噪から逃げ出すことは出来るが、そうすることはスティラにとっては屈辱だ。

今日は特別だからと、フィーナが選んでくれたチョーカーに、そっと触れる。

ビーズで編まれた繊細な装飾の中心には翡翠が填め込まれており、滑らかな手触りをスティラの指先に伝えていた。

(どうして、誰も声をかけてくれないの？　女としての魅力が、わたしには本当にないというの……？)

悲しみを表情に出さぬようにしつつ、スティラは毅然とした態度で振り返った。相当な勇気が必要だったが、人を捜しているのだと自分に言いきかせて耐える。

フレイの不在を恨みそうになったが、恨んでしまうと頼っていることになると思い直して、スティラは奥歯を嚙み締めた。

今度はふりではなく、リーシラを捜して別方向へ歩みを進める。誰もダンスに誘ってくれないのであれば、せめて友人の傍にいたかったのだ。

令嬢たちが集まっている場所に視線を流したところで、背後が妙にざわつきだす。気になって振り返ると、すぐ傍に男が立っていてスティラは驚いた。

「えっ」

「失礼、驚かせてしまったかな」

「い、いいえ」

咄嗟《とっさ》に答えながら、柔らかな声に誘われて見上げる。男らしい体躯の、爽やかな青年だった。

スティラと目が合うなり、琥珀《こはく》色の瞳が穏やかに微笑む。

「なら、よかった。では——レディ・スティラ。よろしければ、私と踊っていただけませんか？」

スティラは驚きのあまり、すぐには返事ができなかった。

目の前で自分にダンスを申し込んでくれている男の正体を、顔を見たことで把握したからだ。

優しくも鮮やかなレモンイエローの髪に、垂れ目がちな優しい瞳。太めの眉と薄い唇のバランスが絶妙で、見る者を安堵させる雰囲気がいいと、彼の名が娘たちの会話に交じらない日はない。

アロン・バートレド公爵。

半年前に若くして爵位を継いだ彼が独身であることも、女性の関心をひく理由のひとつだった。

スティラの瞳が、目の前の存在を受け入れきれずにアロンの上半身をさまよう。

男性が身に纏う衣装の中でも一際煌《きら》びやかなシアンブルーの軍服は、アロンの爽やかさに頼もしさを加えており、恐ろしいほど良く似合っていた。

第三次セルディア大戦で祖国《エルヴィナ》を守り抜いた名将を祖先に持つ、誉《ほま》れ高きバートレドの名も相俟って、彼ほど軍服が似合う男はいないだろうと思わせる気品がある。

「バートレド公爵様……？」

「はい」

語尾に疑問符がついてしまい、とても失礼な発言だったにもかかわらず、アロンは穏やかに頷く。

そこでようやく我に返り、スティラは慌てて居住まいを正し、膝を折った。

「申しわけありません、公爵様。ご挨拶もせずに――」

「とんでもない。遅れたのは私ですから。貴方がまだ、誰の誘いも受けていないようでよかった」

「あ、……え……、その……」

エルヴィナで五指に入る名門貴族の登場に、スティラは緊張と混乱のあまり目を回しそうだった。狼狽《ろうばい》に言葉が選べず、肺が痛む。

スティラの父親は爵位こそ伯だが、地方に広大な農園を持っているだけの田舎貴族なのだ。

国王の覚えめでたいバートレッド公爵とは、高貴さに天と地ほどの差がある。

「どうぞ、お手を」

「は、はい」

周囲のざわつきがこの状況の異様さに拍車をかけており、思考が停止していたスティラは、アロンの言葉にただ従った。

真っ白な手袋に覆われた優しい手のひらに、自らの細い指先をそっと重ねる。

流れるようにエスコートされ、そっと腰を抱き寄せられてようやく、スティラはダンスを申し込まれていたことを思い出した。

アロンのリードのおかげでかろうじてステップを踏むことはできたが、今度は足を踏んでは大変だと、今まで考えたこともなかった恐怖に襲われる。

「そう緊張しないで欲しい。私まで緊張してしまう」

「ご、ごめんなさ――」

話しかけられたことで顔を上げてしまい、至近距離にあるアロンの瞳と目が合ってしまう。スティラは慌てて顔を逸らしたが、それをふっと笑われたことで、ほんの少し緊張が和らいだ。

ようやく耳に入るようになったゆったりとしたワルツが、スティラの心臓を宥めてくれる。冷静になってくると、疑問がスティラの中で形になった。

「あの、バートレド公爵様。どうして、このような場所へ？」

「公爵様は堅苦しいね。アロンと呼んで欲しい」

「……では、アロン様。どうしてこのような田舎伯爵の舞踏会へ？」

「田舎伯爵だなんて、ずいぶんな言いようだ。君のお父上はとても優秀な方だと、私は思うよ」

「わたしとて、父を尊敬しておりますし、その娘であることに誇りを抱いております。ですが、貴方のように高貴な御方を招待できるほどとは思っておりません」

女としては小賢《こざか》しい物言いだろうが、スティラはそれを隠す気など毛頭無い。自分の意見や意思を押し殺すくらいなら、無礼な女と思われたほうがマシだった。

そしてそれは、相手が誰だろうと同じだ。

相手によって態度を変えることは、真っ直ぐな気性のスティラにとって、最も恥ずべき行為だ。

「君はとても、正直な女性なんだね」

アロンも案の定スティラの物言いに面食らったようだが、気分を害したようには見えなかった。

そのことに密かに感動しつつ、やはり高貴な御方はお心も広い、と納得もする。

ちょうど曲が切り替わったこともあり、スティラはアロンによって大広間から外の庭園へ連れだされた。途中、給仕が運んでいたトレイからワインを受け取り、スティラに差し出してくれる。

ありがたく頂戴し、スティラは喉を潤した。

夜はまだ肌寒いが、ダンスで温まった体にはちょうどいい。

大広間から零れる明かりは四阿《あずまや》まで進むと心許なかったが、それを月光が補ってくれていた。庭園の中心にある噴水が、キラキラと光を弾いて輝く。

「どうして私がここにいるのか、という質問だったね」

「はい」

「君に逢いに、と言ったら信じてくれるかい？」

「え？」

あまりに予想外な言葉にスティラが目を点にすると、アロンが少年のように微笑む。

普段、異性から向けられる笑顔が底意地の悪いものばかりのせいで、その笑みはとてもスティラの心を擽《くすぐ》った。

「実を言うと、一年前に王宮で開かれた舞踏会で君を見かけてね。なんて美しい女性だろうと思っていたんだよ」

王宮で開かれた舞踏会で——と言われたら、スティラが王に拝謁《はいえつ》を賜《たまわ》ったときしかない。社交界にお披露目された、スティラにとって誇らしく輝かしい思い出の日だ。

「その後、色々と調べて、君がガネット伯爵の末のご令嬢だと知った。もう一度会う機会を何度か狙っていたのだけれど、なかなか難しくて——。そうこうしているうちに、父が亡くなり、私自身が忙しくなってしまった。あっと言う間に、一年が経ってしまったよ」

「それは、その……バートレド公爵様のお呼びたてとあらば、どこへなりとも参りましたのに」

「私が自ら逢いに行かなければ意味がない」

慣れぬ空気にスティラは再び緊張したが、アロンは相変わらず柔らかく見つめてくる。

自然な動きでスティラの手からワイングラスを受け取ると、四阿のテーブルに置いた。

「ようやくバートレド公爵であることに慣れたはいいが、気持ちは重かったよ。けれど、勇気を出して確かめてみてよかった。君がまだ誰のものでもないと知って、私がどれほど喜んだかわかるかい？」

「……いえ」

「綺麗な髪だ。触れても？」

「……え、ええ」

断る理由がなくてスティラが頷くと、アロンは指先で一房そっと掬い、口元に寄せる。

愛しいと言われずともわかる仕草でそっと唇が押し当てられ、スティラはひくりと肩を揺らした。

下手をすれば気障《きざ》すぎて寒気がする行為だが、相手がアロンならば絵になるだけだ。

これは夢だろうかと思考が現実から逃げようとしたところで、琥珀色の瞳に囚われる。逸らせずに見つめ返すと、今度は指先を掬われた。

そっと握られ、僅かに引き寄せられる。そのまま跪《ひざまず》かれたら、スティラとてこれから何が起こるのかわかる。

ガチガチに緊張したスティラの指先に、さきほど髪に触れたときよりも優しく、アロンの唇が触れた。

「ガネット伯爵には、許可を頂いている。レディ・スティラ。どうか私と婚約してはもらえないだろうか」

まさかの予感が確信に変わり、全身が痺れるほどの衝撃がスティラを襲う。

自尊心が強いからこそ、貴族令嬢であることに一際強い誇りを持っていたスティラは、良家に嫁ぐことをずっと願っていた。

だが、その相手がまさかバートレド公爵となるとは夢にも思っていなかっただけに、指先が震えるのを隠しきれない。

断る理由などなく、スティラはゆっくりと頷いた。

「その頷きは、了承ととっていいのかな?」

「……はい」

改めて声で返答した瞬間、アロンの表情がぱっと華やぐ。

「良かった。よろしければ、もう一曲私と踊っていただいても?」

「喜んで」

腕を引かれるまま、スティラはアロンと共に大広間へ戻ろうと四阿を出たが、僅かな段差を降りてすぐ、新たな人影が現れたことによって足を止めた。

「フレイ……？」

呟いたスティラを一瞥《いちべつ》したあとで、フレイはアロンに近づいた。

「今晩は、バートレド公爵様。随分と意外なところでお会いしましたね」

「……失礼だが」

親しげに話しかけたフレイに対し、アロンは僅かな困惑を滲ませる。

恥をかかせまいと思考を巡らせているようだったが、たとえフレイと面識があったとしても、アロンが記憶しているとは思えなかった。

父親のペルディン伯爵でも会う機会は少ないだろうに、その息子ともなれば更に曖昧《あいまい》だろう。

「覚えていらっしゃらなくても仕方ありませんわ、アロン様。彼はフレイ・ペルディン。わたしの父と同じく、フュレット地方の農地を預かる領主、ペルディン伯爵のご子息です」

「ああ、そうか。ペルディン伯爵の……。紹介ありがとう、スティラ。覚えていなくて悪かったね、フレイ君」

「いいえ。僕も公爵様相手に馴れ馴れしすぎました。ご無礼をお許しください」

アロンが差し出した手に、フレイが手を重ねる。

アロンも整った容姿をしているが、こうして並び立たれると、フレイの美貌が際立っていることを思い知らされる。

アロンと違い、フレイはスタンダードな燕尾服を身に纏っているだけだというのに、存在感が劣らないのだ。

ステイラは思わずフレイの美しさに感心しかけたが、慌ててその感嘆を振り払った。

婚約を快諾したばかりだというのに、他の男の――それもフレイの美貌に気を取られている場合ではない。

「バガットだけでなく、レフランやシュニーダでもお見かけしていたので、勝手に知り合いのような気持ちになっておりました」

儀礼的な握手を交わしたところでフレイがそう言い足すと、アロンの表情が僅かに強張る。

「公爵様はお知り合いも多いでしょうし、お忙しいご身分であられるのに」

「いや、……本当に、すまない」

ステイラには今の会話のどこにアロンが気分を害する要素があったのかわからなかったが、フレイの性格は知っている。

何か失礼なことを言ったのだと悟りフレイを睨み付けたが、スティラが彼を批難するよりも先に、アロンの手がスティラの肩にかかった。

「アロン様?」

「すまない、スティラ。思ったより私も緊張していたらしい。ほっとしたら気が抜けてしまったようだ。みっともないところは君に見られたくないから、少し一人にしてもらってもいいかな?」

「え、ええ」

肩に触れていた手が髪を掬い、さらりと梳《す》く。月明りを弾いて零れた赤髪をスティラが視線で追うと、フレイと目が合った。

親密さを思わせる接触を他者に見られる気恥ずかしさはあったが、相手がフレイならば優越感のほうが強い。散々邪魔されてきただけに、公爵に婚約を申し込まれたことがスティラは誇らしかった。

「フレイ君、彼女を頼まれてくれるかい?」

「喜んで。お手をどうぞ、レディ」

わざとらしいほど恭《うやうや》しくフレイに手を取られ、四阿を離れる。蔦薔薇のアーチを抜けたところで、スティラは口を開いた。

「今日は遅かったのね」

「これでも急いで来たんだ。君が僕を捜して泣きそうになっているんじゃないかと思って」

一時はそれに似た気持ちを味わっただけにスティラは気まずくなったが、それを顔に出すことはかろうじて防ぐ。

「ご心配なく。わたしをダンスに誘ってくれる、素敵な殿方はいたもの。むしろ貴方に邪魔されなくてよかったわ」

「それって、バートレド公爵のことかな？」

「そうよ。そうだわフレイ、貴方、アロン様に何を言ったの？」

「何って、君も聞いていただろ」

「貴方のことだもの、わたしにわからない意図でも含んでいたんでしょう？　貴方に話しかけられたとき、アロン様はあきらかにご気分を害しておられたわ」

「向こうにやましいことがあるんだとは思わないのかい？」

含むような眼差しを向けられて、スティラは不快になった。

「あり得ないわ」

「ずいぶんと彼の肩を持つね。僕のほうが付き合いは長いのに」

「だからよ」

素早い切り返しに、フレイの口端が皮肉げに上がる。繊細な美貌はそんな表情すら優雅に見せるので、スティラは眉間に力を入れた。

アロンの笑みが太陽なら、フレイの微笑はさながら月だ。

それも新月間近の、有明の月。儚いというよりは、鋭い刃のよう。

「貴方もアロン様のように、爽やかに笑えないの？」

スティラの指摘に、フレイはわざとらしく鼻で笑った。

「さすが、誉れ高きバートレドの名ということかな？　ご令嬢からの信頼も厚いわけだ。それで、かつての英雄の子孫であられる公爵様が、どうしてこの舞踏会へ？」

スティラとて抱いた疑問だが、フレイに指摘されると負けん気が働く。

一瞬、「貴方には関係ない」と突っぱねようかとも思ったが、アロンが足を運んでくれた理由は誇れることだと思い直した。

「わたしに逢いに来てくださったのよ」

「君に？　どうして」

「王宮の舞踏会で、見初《みそ》めてくださっていたの。さっき、婚約を申し込まれたわ」

「なんだって？」

「アロン様に、婚約を申し込まれたの。良かったわね、フレイ。これで、母にわたしとの結婚を迫られることもないわよ」

異性にモテないことを、散々馬鹿にされてきたのだ。スティラはフレイのわざとらしい聞き返しに、ハッキリとした口調で答えた。

スティラにとってもそうだったように、フレイにとっても青天の霹靂《へきれき》と言える事態だろう。

スティラはフレイがどういう反応をするか少し楽しみにしたが、その期待は裏切られてしまった。

一瞬、驚きに固まったように見えたフレイの視線は、すぐにスティラの全身を眺め、顔に戻ってくる。

「富も名誉もその手にある人物は、変わり者が欲しくなるものなのかな」

「どういう意味よ！」

悔しがる姿を想像しただけに、嫌味が威力を増してスティラを煽る。

詰め寄ったスティラを上体を反らすことで避けながら、フレイは「ああ」と頷いた。

「性格がキツすぎて失念していたけど、スティラはとても美人だったね。そこを気に入られたのかな？」

「何が言いたいのよ」

「別に？　儚い夢だったな——なんてことは思ってはいないよ？」

「——ッ！　アロン様は由緒ある公爵家の御方よ。時代遅れな男尊思考に縛られたりはなさらないわ」

「由緒ある家柄だからこそ、って場合もあると思うんだけど。それに、女性の意識改革と可愛げは別問題じゃないかなぁ」

「わたしにだって、可愛げくらいあるわよ」

「へぇ。僕は見たことがないな」

咄嗟に出た切り返しに、意地悪く食いつかれる。スティラは感情のままに憤りたかったが、それこそフレイの思惑通りだと気がついて堪えた。

感情を逃がすための吐息を、意図して小馬鹿にするものに変える。

「当然でしょ。貴方に見せる必要なんてないもの」

「そんなふうに言われたら、見てみたくなるものだけど……」

正面から左側面に移動しながら、流し目で囁かれる。スティラでなかったら、可愛げどころかどんな秘密でも洗いざらい晒《さら》してしまいそうな色気だ。

自分の魅力を知っている男ほど、タチの悪いものはない。

「何よ。見せろと言われて見せられるものじゃないわ」

「それはそうだろうね。君に男を喜ばせるための演技なんて、できないだろうしね」

「出来たとしてもしないわ、そんな媚びるような真似」

「媚びること自体は悪いことじゃないだろ？　それはそれで、一つの生き方だ。君が自分の意思を主張するのは構わないけど、そうしない人間を見下すのは違うんじゃないかな。それじゃ、彼女たちに貞淑であれと強要する男達と一緒だ」

「なんですって！」

スティラのことを、心の狭い人間だとでも言いたげな物言いにカチンとくる。スティラはフレイに嚙みつこうとしたが、「ところで」と文句を遮られてしまった。

「なんて返事したの？」

「え？」

「バートレド公爵に婚約を申し込まれた、としか聞いてない。君の返事は？」

唐突に話を戻されて、戸惑う。すっかり怒りを削《そ》がれてしまい、スティラは気を持ち直すように短く嘆息した。

「フレイは勝手すぎるわ。自分が言いたいことを言い終わったら、相手の感情はどうでもいいのね」

「そんなことはないよ。ちゃんと見てる。――君のことは特に」

低く甘い声音は睦言《むつごと》のようなのに、唇の笑みがそれを裏切る。フレイがスティラを観察するのは、ぶつけた言葉に対する反応を楽しみたいからだ。

意地の悪い言葉を向けられるたびに、スティラは考える。

（わたしは貴方に何をして、こんなにも嫌われてしまったの……？）

スティラは昔から真っ直ぐな気性だ。

幼い頃から接点のあったフレイとは、仲良く遊びこそすれ虐《いじ》めたことなど一度もない。悪戯めいたことすら、一度だってしなかった。

スティラには物心ついたころから、貴族令嬢としてのプライドがあったのだ。賢く美しい貴婦人《レディ》であることを、幼いなりに心がけていた。

成長した今は、更に強く、冷静かつ優雅に振る舞えるレディでありたいと思っているが、フレイの態度のせいで、彼の前では感情的になってしまうことが多い。

それでもこの数年で、随分と受け流せるようになったのだ。

令嬢としてのプライドに勝ち気さが強くでるようになってしまったのは、フレイのせいだと言っても過言ではない。

「フレイは、わたしが貴方の言葉に傷ついて、屈する姿が見たいのね。だけど無駄よ。わたしは貴方の言葉に傷ついたりはしないし、泣き逃げたりもしないわ。残念だったわね。それにもう、貴方の遊びに付き合っている暇はなくなるでしょうしね」

「……それは、公爵の申し入れを受けたということかな？」

「当然でしょう。願ってもないほど素敵な御方だもの。断る理由がないわ」

「素敵っていうのは、どういう意味？　惚《ほ》れたの？」

　重ねて問われた言葉の意図がわからず、スティラは目を瞬《しばたた》かせた。折悪く月光を雲が遮り、フレイの表情が隠れてしまう。

「惚れる……？　恋愛感情があるか、ということ？」

「そう。公爵に恋してるのかな、って」

「おかしなことを聞くのね、フレイ。公爵家、それも名門のバートレド家の当主に婚約を申し込まれたのよ？　好きかどうかより、バートレド公爵夫人になれることにこそ意味があるわ」

　スティラにとって、名家に嫁ぐことほど名誉なことはない。そこで良き妻、良き母になることこそが、幼い頃からの夢なのだ。

　心を問われた答えとしては冷めた考えかもしれないが、目的としては最良の選択。

　そう確信してスティラが告げると、フレイの影が小首を傾げた。

「矛盾してない？　女の意思が男に抑圧されるのはおかしいと常日頃から言うくせに、男の地位や家柄にはこだわるんだ？」

「女が自由に生きることと、良縁を望むことは矛盾しないわ」

「でも、好きなわけじゃない。君の選択は、感情を無視していることにはならない？」

「ならないわよ。他に慕う殿方がいるわけではないもの」

「今後、誰かを好きになるかもしれない」

「そうね、でもその相手はアロン様だから大丈夫よ。わたしを妻にと望んでくれた相手以外を、愛したりはしないわ」

「……知らないって、怖いね。誰かを欲しいと願う気持ちは、自分の思い通りにはならないものだよ」

妙に食い下がられたうえにフレイらしからぬ言葉を向けられて、スティラは瞠目《どうもく》した。

「驚いた。フレイ……貴方って、実は結構ロマンチストなのね」

「そうだと言ったら、君は笑うのかい？」

静かに答えながら、フレイの口元が皮肉に歪んだ。

薄闇に目が慣れたのかと思ったが、違う。フレイがスティラに一歩近づいたのだ。

雲が離れつつあるのか、月光がフレイの首筋から口元を徐々に照らしていく。鮮明になった笑みが少し不気味で、スティラの言葉が揺れた。

「そんなこと……しないわ。貴方じゃないもの。……フレイあまり、近づかないで」

「どうして？　僕が怖いの？」

スティラには、己の胸にじわりと広がるそれが、恐怖だとは思えなかった。

とても似ているが、何かが違う。ただひどく胸を騒がせる、予感めいたものを突きつけられているような気持ちだった。

そしてそれは、フレイの目元が闇に沈んでいるからだと思い至る。光が差したことで、影が濃くなってしまったのだ。

本人の性格はともかく、真夏の空のように鮮やかな青い瞳を、スティラは気に入っている。幼い頃から知るその瞳を見れば安心できる気がして、スティラは大広間を見た。

「貴方なんか、怖くないわよ。くだらないことを言っていないで、中に戻りましょう。少し冷えてきたわ」

「それもそうだね」

足早に歩を進めたスティラに容易く追いつき、フレイの手のひらが細い指先を掬う。スムーズなエスコートだったにもかかわらずびくりと肩を震わせてしまい、スティラは悔しさから頬にかかるフレイの眼差しを無視した。

だが、それが間違いだったのだ。

大広間の喧噪にほっと息を吐いたスティラの隙を、フレイが攫う。立ち止まろうとしたスティラの足は、フレイの誘導で前に出させられていた。

「なに——?」

「君のために来たんだから、一曲ぐらい踊ってもらわないと」

「えっ」

断る間も無く、腰を抱かれて輪に入られてしまう。戸惑いはあったが、慣れたフレイのリードに体が反応し、足先がステップを踏んだ。

「ちょっと、何よ。わたしはもう……」

「公爵と踊ったからいい? でも、僕はまだ踊ってない」

「そんなの、わたしじゃなくてもいいでしょう? 踊る相手は、女性の方から誘ってきそうな勢いでいるじゃない」

小声で訴えながらスティラが睨みつけると、フレイの青い瞳が細められる。

それが笑みだと、スティラはすぐに気がつけなかった。

笑みではあったのだが、スティラが今まで向けられてきたものとはまったく別の表情だったのだ。

動揺して僅かに遅れた体を、腰を抱く力強い腕が支えてくれる。

そのまま緩くターンをされたことで、リードの仕方までもがいつもと違うことに気がついた。

普段のフレイのリードはもっと、自分勝手で意地が悪いのだ。少しでも目を離したら、進行方向を読み違えてステップを失敗してしまいそうな――。

（……踊りやすい。なぜ？）

踊りやすいならそれでいいはずなのに、不安がスティラの内側に滲む。

何を仕掛けてくるつもりかと、スティラは終始フレイを見つめたが、返されたのは青い瞳だけだった。

スティラはフレイの意図を探ろうとするあまり、気がついていなかったのだ。

細い指先を包む手のひらも、華奢な腰を抱く腕も、常よりもずっと強かったことに。

第三章　突きつけられた欲望

舞踏会の終盤、スティラはフィーナに呼ばれたことでフレイから解放された。

向かった先にはフィーナの他にジェドとアロンもおり、自分が何故呼ばれたのかを知る。

フィーナは興奮気味に、良い機会だからこの場で婚約を発表してしまうべきだと息巻いたが、ジェドがそれは軽薄すぎると窘《なだ》めた。

窘められたことで、婚約などの重要な発表は公爵側が手配すべきだということに気がついたらしく、フィーナは恥じ入っていたが、瞳の輝きは変わらない。

明日の昼食を一緒にと誘われたスティラをうっとりと見つめ、アロンの馬車を見送ってからも、少女のように羨んだ。

「信じられないわ。バートレド公爵家に、娘が迎え入れられるなんて！　なんて名誉なことでしょう。娘が公爵夫人……！　ああ、スティラ。愛しい我が娘。私は貴方が誇らしいわ！」

最も可愛がり、最も心配していた末の娘に舞い込んだ婚約話に、フィーナは興奮を隠せないようだった。

申し込まれたスティラとて未だに半信半疑なのだから、その母親ともなれば余計に奇跡のように思うのだろう。

公爵に婚姻を申し込まれるような家柄ではないことも、事態に拍車をかけている。

ジェドは伯爵とはいえ、統率力よりも人の良さが領民の支持力に繋がっているような、根っからの田舎貴族なのだ。そこに嫁いだフィーナとて同じように穏やかな性格をしており、現状に不満も野心も抱いてはいなかった。

社交期に議員達に取り入って地位の確立や領地の拡大を画策するよりも、領民と共に小麦の品種改良や茶葉の配合研究に没頭し、出来不出来に一喜一憂する。

そのように守るべき義務を果たし、堅実な生活を送ってきた。

長男はジェドの後を継ぐべく、妻と共に隣国へ農業を学びに行っているし、次男は子宝に恵まれなかった叔父夫婦の養子になっている。

貴族として平凡かつ平穏な生活をしていた二人の、唯一の心配事が、末娘であるスティラだったのだ。

　それが公爵からの婚約という形で解消されるとあらば、驚喜《きょうき》せずにはいられないという気持ちもわからなくはない。

　だからこそスティラも、諸手を挙げて喜ぶ母親の浮かれぶりを、優しく受け止めた。

「わたしもお母様の娘として、とても誇らしいわ。お気持ちは十分伝わっているから、今日はもうお休みになって。お顔が真っ赤よ」

　見るからに酔っている母の頬に手を添え、苦笑する。

　興奮を抑えきれずに酒を次々に飲み干すフィーナを、ジェドも止められなかったのだろう。スティラが視線を向けると、批難したわけでもないのにジェドが気まずげに後頭部を撫でた。

「スティラの言うとおりだ。寝室へ行こう、フィーナ」

「ええ、ええ。そうね。でも眠れそうにないわ。ホットミルクをちょうだい。ブランデーをたっぷりいれてね」

　使用人にそう言いつけると、フィーナはジェドに肩を抱かれて階段を上る。スティラもそれに続き、自分の部屋へ向かった。

　入浴と着替えを済ませ、侍女のシャンネを下がらせる。

化粧台の鏡に映る自分を見つめながら髪に櫛を通していると、スティラの唇から吐息が洩《も》れた。

フィーナがあまりにも興奮していたので、かえってスティラの気持ちは落ち着いたが、それでも夢なのでは……と考えてしまうような浮《うわ》つきはある。

だがそれ以上に、フレイに「心」を問われたことが、スティラの中で引っ掛かっていた。

「……惚れてるのか、なんて。フレイらしくない、間の抜けた質問だったわね」

もう何年も、友好的な会話すらしていないのに、いきなり恋愛観など問われても滑稽なだけだ。

恋しいとか、愛しいとか、異性にそういう感情を抱いたことのないスティラを、からかいたかったのだろうか。

(君はなにもわかってない、みたいなことを言っていた気がするけれど)

なんとなく、リーシラに無理矢理読まされた流行の恋愛小説を思い出す。

物語の主人公のように恋に憧れ、悩み、愛を知る機会を得られたら素敵だとは思うが、それを今すぐしたいと思うほど、スティラは恋愛に興味がなかった。

恋に憧れるほど、異性が間近にいない——という理由もある。ただ眺めてくるだけの男になど、恋心を抱きようがない。

唯一の例外であるフレイに至っては、それ以前の問題だ。

「それなのに……何が、感情を無視していることにはならないのか、よ」

ダンスの申し込みが、恋の始まりになることは多い。スティラにだって、その機会さえあれば恋の一つや二つ、芽生えていた可能性はあったのだ。

それを根こそぎ潰した張本人に、恋慕を問われる筋合いなどない。

そう思ったスティラだったが、庭園で闇に紛れていたはずのフレイの眼差しを不意に思い出してしまい、微かな不安を持て余した。

あの時、濃い影に隠されて目元を窺うことはできなかったが、瞳だけは見えていたのだ。雲間から現れ始めた月光の照り返しに輝く青眼は、スティラの知らない熱に満ちていた。物言いたげな眼差しが恐ろしくて、スティラはずっと、フレイの胸元を飾るブローチを凝視していた。

いつも何を考えているかわからない男だが、今日は特に妙な言動が多かった気がする。何か言いたげな瞳が気になったが、スティラにはそれが何なのかまではわからなかった。

「嫌な男。きっと、こうしてわたしが不安になっている姿を想像して、嗤《わら》っているのね」

梳《と》かし終えた髪を緩く編んでリボンで結び、椅子から立ち上がる。

そのままベッドへ入ってもよかったが少し夜風に当たりたくて、スティラはガウンを羽織りながら窓際に歩み寄った。

　重厚な天鵞絨《ビロード》のカーテンを僅かにずらし、窓を開けてバルコニーに出る。穏やかな夜風が頬に心地よく、スティラは手摺りにそっと手をかけた。

　ゆっくりと深呼吸をすると、答えの無い不安に揺れていた思考が落ち着いてくる。

　微熱を冷まされるような心地よさを味わいながら、スティラは体を反転させて背を手摺りに預けた。身を反らせるように夜空を見上げ、月を愛でる。

「綺麗な三日月」

「そうだね」

　独り言に同意が返ってきたことに驚いて、スティラの心臓が大きく跳ねた。喉から悲鳴が飛び出そうとしたが、それよりも先に、開ききった瞳孔が窓際の壁に寄り掛かる男を映しこむ。

「フレイ!?」

「やあ」

「やあ、じゃないわよ。貴方、何を考えて――」

「脅かすつもりはなかったんだけど、君がいきなり出てくるから、隠れようがなかった」

「な、なに……？　なんで貴方がここにいるの？　わけがわからないわ！」

声を張り上げてから、それが思いの外《ほか》響くことに気がついて、ステイラははっと息を呑んだ。フレイを見ると、うっすらと唇が笑っている。

「何を考えてるのよ、どうして——」

「きこえないよ、ステイラ」

潜めた声を、わざとらしい大きさの声で遮られる。ステイラはキッと眦を吊り上げて、手摺りからフレイがいる壁際まで歩み寄った。

「何を考えてるの、フレイ！ こんなところに現れて、どうかしてるわ！」

「僕はいつも通りだよ？ したいことをしてるだけだ」

「貴方のしたいことが、わたしの寝室のバルコニーに突っ立っつことだっていうの⁉」

「いや、さすがにそれは違う。僕は君に逢いに来たんだ。そこの木を登って、壁の——ほら、あそこのくぼみを足がかりにして、手摺りに飛びついた」

想像しただけでぞっとするような距離を不安定な足場から飛んだのだと言われて、ステイラはこめかみを押さえた。

「貴方、頭がおかしいわよ。死にたいなら、余所《よそ》で死んで！」

「怖い顔で怖いことを言わないでよ。僕はステイラに逢いに来たって言っただろう？」

「意味がわからないわ。ちょっと、触らないで！」

　フレイが指差した木に視線を向けている隙に髪を一房掬われ、スティラは強く振り払った。

「わたしを驚かせに来たのなら、もう気は済んだでしょう。今すぐ帰って。じゃないと、暴漢として騒ぎ立てるわよ」

　脅しではないと、スティラは強い口調で訴えたが、フレイは微塵も怯まなかった。

　それどころか、室内に逃げようとしたスティラの動きを阻むように窓に手を突いて、囲ってくる。

　これまで色々な言葉を浴びせられたが、こんなふうに行動を阻まれたのは初めてで、スティラはごくりと唾を呑んだ。

　対応に困っている間に、吐息が頬にかかるほど顔を寄せられる。

　いつになく深い色合いを見せるフレイの瞳から、スティラは目を逸らせなくなっていた。

「逃げないで。話をきいて」

「フレイ……？」

　長い睫毛が震え、儚げに瞼が伏せられる。

　恐ろしいほど整った顔は月明りのせいか青ざめて見え、スティラは猫のように頬を擦り寄せられても、動けなかった。

動揺に浅くなった呼気が、フレイの匂いを拾う。

柑橘類をベースにした爽やかで甘い香りは嗅ぎ慣れたものだったが、そこに彼の肌の匂いが混ざるのを感じて、スティラの鼓動は速まった。

こんなにも近くに、異性を感じたことはない。唐突に自分がとても薄着だということを思い出し、羞恥からカッと体が熱くなった。

「フレイ、話はきくから、離れて――」

「ケヴィンが死んだんだ」

「えっ」

耳に唇を押しつけるようにして告げられた言葉に、フレイの胸を押し返そうとしていたスティラの腕が止まる。

ケヴィンは、フレイが幼い頃から弟のように可愛がっていたフォックスハウンドだ。引き締まった筋肉と長い足を持つ大型種で、白、茶、黒のトライカラーが特徴の、美しい犬だった。賢さを滲ませた優しい瞳と、垂れ耳が愛らしくて、スティラも大好きだった。

いつからいたのかスティラの記憶は曖昧だが、十年以上生きていたことは確かだろう。

去年から狩りに連れていなかったので、もう歳なのだろうと朧気《おぼろげ》に思ってはいたが、まさか今日、その命に終焉《しゅうえん》を迎えていたとは――。

幼い頃は一緒になって遊んだ記憶もあるし、フレイがケヴィンをどれほど愛していたかも知っているので、スティラの心にも悲しみが満ちた。

一度、じゃれて遊んでいるうちに酷く興奮させてしまい、フレイが噛みつかれて大けがをしたことがあった。

大変な騒ぎになったが、それ以降ケヴィンの姿を見なくなったことに、胸を痛めたことを思い出す。

数ヶ月後、フレイの脇にぴたりと寄り添っているケヴィンを見て、心底安堵したことは、スティラの中に思い出として強く残っていた。

（フレイもケヴィンも、あのときから急に大人びたのよね）

スティラに対するフレイの態度が変わったのも、同じ時期だ。なにかと意地悪を言うようになり、スティラは泣くのを堪えるのに必死だった。

そんな関係のまま大人になって、今日に至る。

（わたしのことが気に入らないくせに、わたしに慰めてもらおうなんて、都合良すぎじゃない？）

行動として、矛盾もしている。

だが、それを口に出すほど薄情にはなれなくて、スティラは肩口に乗せられたフレイの頭を退《ど》かせなかった。

「僕を追い払わないの？」

「……少しくらいは、許してあげるわ。大変だったのに、今夜の舞踏会《パーティ》に来てくれたし」

「君の悔しそうな顔を見れば、気が紛れるかと思って」

「突き落とされたいの？」

彼らしい言い返しだとは思ったが、可愛げがない。

スティラは再びフレイの胸元を押し返そうとしたが、力強い腕に抱き締められる方が早かった。

「んっ、ちょっと――」

踵《かかと》が僅かに浮くほど力を込められて、息が詰まる。

「スティラは柔らかいね。それにいい匂いがする」

言うなり耳の裏に押しつけられた鼻が匂いを嗅ぐように息を吸う音がして、スティラは狼狽した。

「ば、馬鹿っ。おやめなさいッ」

「騒いでいいの？　こんなところを誰かに見られたら、困るのは君じゃないかな」

「何を――」

否定しかけたが、確かに何も知らない者が見れば、寝室に忍び込んできた男とスティラが抱き合っているようにしか見えないと気がつく。

こうも正面から抱き締められていては、言い訳も意味をなさないだろう。

アロンと婚約したというのに、その日のうちに他の男と逢い引きしていたなどと噂されたら、一大事だ。

「ちょっ、はなっ」

「最初に拒まなかったのが、まずかったね？」

フレイの唇が、いたずらにスティラのうなじをくすぐる。ぞくぞくと悪寒に似たむずがゆさが背中に響いて、スティラは首を竦めた。

「やめ、なさい」

「やめろと言われたら、余計にやめたくないなぁ。でも、部屋に入れと言うなら、入ってあげなくもない」

確かに、このままバルコニーで揉めていれば、いずれは誰かが声を聞きつけて発見されてしまうだろう。だが、だからといってフレイをこのまま寝室に入れてしまうのもためらわれて、スティラは返事を迷った。

そんなスティラを見て、フレイが口端を引き上げる。

「まあ、君が入れと言わなくても、僕は入るけどね。寒いし」

言うなりスティラを軽々と抱え上げ、フレイは開け放たれたままだった窓から寝室へ入り込んだ。すらりとしたイメージが強いあまり、逞しいとは思っていなかった相手の力強さを見せつけられて、茫然とする。

「なにその顔。まるで僕が男だと、今更気がついたみたいな顔だ」

そんなことはないとスティラは思ったが、ではなぜ驚いたのかと問われたら、答えに窮してしまうだろう。

理解していたようで理解していなかったような、なんとも言いがたい感覚に翻弄されている間に、ベッドに降ろされる。

そのままのし掛かるように押し倒され、スティラは状況についていけないままフレイを見上げた。

「フレイ、貴方……何がしたいの？」

「なんだと思う？」

まるで試すように、フレイの指先がスティラの髪を結わえていたリボンの端を引っ張る。容易くほどけたそれからするりと毛先が滑り落ち、三つ編みがシーツの上で開いた。手のひらでそれを掬い上げて、五指に絡める。

指の隙間を滑らせるように弄ばれ、スティラは眉を顰《ひそ》めた。

「女の髪に気安く触らないで」

「ねえ、スティラ。なんでそんなに落ち着いているの？　状況わかってる？」

「貴方の嫌がらせにいちいち焦ってなんていられないわ。でも、今夜はやりすぎね。幼なじみとはいえ、女性の寝室に入り込むなんて、犯罪よ」

「じゃあ、僕を警察に突き出す？」

「――今夜だけは、ケヴィンの魂に免じて見逃してあげる。だから今すぐ退《ど》いて、誰にも見つからずに帰って」

押し退かそうと伸ばしたスティラの腕を、フレイが摑む。そのまま頭の脇に押しつけられて、スティラは呆れた。

「フレイ。わたし、明日はアロン様と約束があるの。休む邪魔をしないで」

「……この状況で、よく他の男の名前が出せるなぁ。危機感がなさすぎるんじゃない？」

鼻先が触れるほど、フレイの顔が近づけられる。上体に体重がかかったことで、きし、と控えめにベッドが軋《きし》んだ。

「言っている意味がわからないわ。退いて」

「公爵との婚約を解消するなら」

あまりにも突拍子のない、しかも子供じみた要求に瞠目する。

今の状況が婚約に対する嫌がらせなのだとスティラはようやく気がついて、度が過ぎたフレイの行動に怒りが湧いた。

「馬鹿なこと言わないで、フレイ。今すぐ退かないと、本気で軽蔑するわよ」

「いいよ」

本気でぶつけた言葉に、さらりとした肯定を返される。絶句したスティラの顔を見下ろすフレイの瞳は、少しも笑っていなかった。

「……え？」

どっ、とスティラの心臓が危機感に拍動する。

今更のように湧いた焦燥に身を捩ったが、スティラの力では押さえ込まれた腕の片方すら浮かせることが出来なかった。

「ちょ……フレイ？　冗談でしょう？」

ちっとも笑わないフレイの代わりのように、スティラの頬が引き攣って口端が上がる。

みっともなく半笑いになったスティラを見て、フレイが薄く微笑んだ。

「間抜けだね、スティラ。僕だって雄《おす》だよ？」

「――っ!?」

綺麗な形の、少し厚めの唇が、スティラのそれに重なる。

頬に触れるときよりもずっと熱く、柔らかく感じる唇が、スティラの上唇を啄《ついば》む。物を食べるときに意識したことはなかったが、スティラはそこがとても敏感な場所なのだと思い知らされた。

吐息なのか唾液なのかわからない湿り気が互いの唇をより密着させ、スティラにくちづけの生々しさを伝えてくる。

あの杏色の唇が押しつけられ、スティラのそれを味わうように動いているのだと思うと、恐怖なのか混乱なのかわからない感情が胸中に吹き荒れ、指先が強張った。

きつく嚙み締めた唇に触れる感触がいつのまにか無くなっていることに気がついて、スティラは閉じてしまっていた瞼を持ち上げたが、信じられないほど近くで青い瞳と目が合い、瞠目した。

「あっ」

驚きに零れた息を、すかさず奪われる。そのまま笑み交じりの吐息を唇に吹きかけられ、熱い舌が隙間をなぞった。

「やっ――んんっ」

ようやく足が動くことを思い出し、スティラは両足をばたつかせたが、のし掛かってくる体の重さが増しただけだった。

咀嚼《そしゃく》される舌を取り戻そうと必死になっている間に、寝間着の裾《すそ》がたくし上げられていく。剝き出しになった太腿にまごうことなき男の手が這い、臀部《でんぶ》と下着の隙間に指が滑り込んだ。

吸いつくように喰い込まされた指が、柔らかな双丘をゆっくりと揉む。

「いやっ、や！」

「スティラ。あまり大きな声をだすと、侍女が来てしまうよ。それとも呼びたい？　僕は構わないよ。ほら」

わざとらしく、呼び鈴に繋がっている紐《ひも》に右手が誘導される。けれどそれを摑もうと気を逸らした隙に、下着を脱がされてしまった。

「フレイ、返してっ」

「馬鹿だな。僕に犯されたくないなら、今、紐を引くべきだった」

言葉に反応して、咄嗟に紐を摑み直そうとしたスティラの指先が、フレイの左手に阻まれる。そのまま指先を絡めるようにして握りこまれ、シーツに沈んだ。

「フレ……イっ」

焦燥と恐怖に滲んだ汗が、スティラの肌を湿らせる。それを舐め取るように、フレイの舌がスティラの首筋を撫でた。

臍《へそ》が浮くような感覚にスティラは身震いしたが、伸ばした指先でフレイの髪を掴む。

「――ッ、痛いよ。邪魔しないで、スティラ」

「ひぁ!?」

最初、スティラは何をされたのかわからなかったが、更に押し込まれたことで、あらぬ場所に指が入れられたのだと知った。

腰を挟まされて閉じられなかった股の隙間で、フレイの腕が蠢《うごめ》く。

「ぁ、あっ、やっ――ぁ」

柔肉の中をフレイの指が這い、引き攣れるような痛みをスティラに味わわせていた。凄まじい異物感に、スティラの瞳が潤む。

深く押し込まれた指がゆるゆると出し入れされ、異物感はそのままに膣壁に馴染んだ。

摩擦が少なくなると、押し込まれているものの形が鮮明になってくる。

それはスティラに、恐怖に押しやられていた羞恥を思い出させた。

「やぁ、ぬい、て――ッ」

「駄目だよ。初めてなんだから、ちゃんとほぐさないと」

諭すように囁かれた言葉はスティラの鼓膜を震わせ、唇が耳たぶをしゃぶる。身震いに下肢が強張り、スティラは自分の内側がフレイの指を喰い締めたのがわかった。

カッと頬が熱を持ち、無意識に膝を曲げる。

スティラはフレイを蹴り飛ばそうと藻掻《もが》いたが、足首を摑まれ、より露骨に股を開かされてしまった。

外気に晒された敏感な皮膚が、ひくんっと震える。

フレイの指先が腹側の肉壁を圧迫するように何度も擦ると、どうしてかスティラの尾てい骨が痺れ、腰が浮いた。

じわり、と中が潤んだのがわかり、いたたまれなさに身悶える。それすら容易く押さえつけられ、引き抜かれた指が二本に増やされた。

「ひぅ、んッ」

倍になった質量が、スティラの肉壺に容易く沈む。奥を広げるように指先を動かされ、スティラは内腿を震わせた。

「ぁ、ッ――やめっ、やめてっ」

「ははっ。そんなに狼狽する君を、僕は初めて見るな」

暗い欲情を宿した眼差しに、スティラの呼気が一瞬止まる。

目の前にいる男が、自分を女としてみていることが信じられなくて、眩暈《めまい》がした。

フレイはいつだって甘やかな声音で意地の悪い言葉を吐き、スティラを貶《おとし》めて楽しんでいたのだ。

言い寄ってくる女を突き放すよりも露骨に、執拗に――。

(なのに、どうしてこんな……ッ)

「怖いの？　震えてる」

浅い呼気に上下する胸元に、フレイの鼻先が押しつけられる。スティラの控えめな膨らみが唇でまさぐられ、布越しに先端を含まれた。

唾液をたっぷりと含んだ舌で丹念にねぶられ、じゅっと音がするほどしゃぶられる。

「んんっ、や、ぁ」

薄く滑らかな絹はフレイの唾液に容易く濡れ、歯が触れる感触を鮮明にした。刺激に反応して、先端がきゅうと硬くなる。

仄かな疼痛《とうつう》に眉根を寄せるスティラを観察するように見つめながら、フレイは執拗に乳首を甘噛みした。

「やっ……ふ、ぅ」

みせつけるように舌が伸ばされ、赤く熟れた蕾が押し潰される。やめさせようと肩を揺らすと、咎《とが》めるように歯を立てられた。

「い、たいっ」

痛みに声を引き攣らせながら、フレイを睨み付ける。怒りを滲ませたスティラの眼差しを受けると、何故か青い瞳は喜色に細められた。

杏色の唇が笑みに撓《しな》り、桃色に透けた尖りに強く噛みつく。

乳房を揉み搾られながら先端を歯で転がされ、スティラは痛みに頭を打ち振るった。

「いっ――ッ、」

やめてと叫ぼうとしたところで強く吸われ、息が詰まる。痛みの奥に、ピリと痺れるような感覚が奔り、スティラは背を撓らせた。

「ぁっ!?」

「今、感じたね？　スティラは甘噛みされるより、吸われる方が好きなのか――」

「フレイ……もうやめ、ッ、んっ」

「ここも、一気に柔らかくなった」

二本の指を捻るように動かされると、ぐちり、くちりといやらしい音がはっきりと聞こえ、スティラの腿に力が入る。

恥ずかしさに頭がゆだるようだったが、どんなに足掻いても脚を閉じることはできなかった。

不意に絡められていた指が解かれ、右手が解放される。

スティラはすぐさまフレイの頬を叩こうとしたが、振りかざした手のひらは空を掻いただけだった。

視線の先で、上体を起こしたフレイが薄く口端を上げる。

嘲笑《あざわら》うような態度に怒りが湧いたが、深く埋められていた指を一気に抜かれたことで、腰が砕けた。

「あ、あっ」

四肢が脱力するような感覚に戸惑うスティラを見下ろしながら、フレイが下肢を寛《くつろ》げる。

それが何を意味するのかわからないはずもなく、スティラは戦慄《せんりつ》した。

「――ッ、あっ」

殆ど脊髄反射で跳ね起きようとしたが、肘が体を支える前に膝裏を抱え上げられて引き倒される。

枕に勢いよく頭部が沈み、スティラの視線は数秒天蓋の裏をさまよった。

膝を抱え上げたままのフレイが、スティラを折りたたむようにしてのし掛かってくる。

「逃がさないよ、スティラ」

フレイの声は、興奮で僅かに上擦《うわず》っていた。微かに目尻に朱が滲み、まごうことなき雄の色香をスティラに突きつけてくる。

フレイは綺麗すぎて、こういうぎらついた欲望とは無縁だと思っていた。それがどれほど勝手なイメージだったかを、劣情を見せつけられたことで思い知る。

「いや……嫌よ、やめて。フレイ。……やめなさいっ」

懇願しかけたが、フレイに屈することをスティラのプライドが拒んだ。

強い拒絶に、脚を摑むフレイの指先に力が込もる。

スティラは肩を何度も殴ったが、フレイの動きを止めることはできなかった。熱く滾《たぎ》る塊が無防備な割れ目に触れ、ぐっと先端が押し込まれる。

「いゃ、――ッ、あぁっ」

指では曖昧だった痛覚が、信じられないほどの質量によって鮮やかになる。

本能が拒んでスティラがびくんと大きく震えると、宥めるようにフレイの唇がスティラの口端を吸った。

「そんなに怯えていると痛いだけだよ、スティラ。もう逃げられないんだから、愉しめばいいのに」

身勝手な言葉に、ぐらっと頭が煮える。

気がつけば、スティラはフレイの唇に思い切り噛みついていた。

「――ッ」

　フレイが大きく顔を逸らし、瞠目する。

　痛みに歪む表情と唇に滲む血は滑稽なはずなのに、妙に絵になっていてスティラは苛立った。

「力で押さえつけるなんて、男として最低よ。卑怯も――ひ、ぁッ」

　言葉半ばで、一気に突き入れられる。声を失って仰《の》け反ったスティラの首筋に、王子様の皮を被った獣の牙が喰い込んだ。

「ぁ、ああ！」

　同時に与えられた痛みに脳が混乱して、視界で赤と白が弾ける。

「――っ、ふふ、ほら。全部はいったよ、スティラ」

　結合の深さを知らしめるように、呑み込まされた場所を揺さぶられる。

　目一杯開かされた内腿にフレイの腰骨が当たるがのがわかり、スティラは絶望にも似た恐怖に身を震わせた。

　脈打つように、ずきん、ずきん、と膣が痛む。

「っ、あ……あぁ……い、た……ッ」

「ああ、可哀想に。初めてだから仕方がないんだよ、スティラ」

慈しむようでいて、スティラを憐れむことに酔った指先が、眦に滲んだ生理的な涙を拭う。それを甘露のように口に含みながら、フレイは酷薄に笑った。

「でも大丈夫。すぐに僕の形に馴染むさ」

「――ッ」

唐突に始まった律動に、スティラは為す術もなく揺さぶられるしかなかった。馴染みきれずに強張っていた内側を、張り詰めた欲望によって容赦なくかき混ぜられる。

「ひっ、うッ――くっ………あ、あ！」

「痛いって泣いていいんだよ、スティラ。きっとその方が早く気持ちよくなれる」

抜けるほど腰を引いては強く押し込み、張りだした部分を受け入れさせられる感触を何度も味わわされる。

スティラは必死に腰を引こうとしたが、その度に容赦のない力で引き戻された。

「っ、はぁっ、あっ――さい、てぃッ、よ……フレ、イ！」

燃えるような目つきで睨んでも、すべてがフレイの青い瞳に呑み込まれてしまう。

それでもスティラが抵抗をやめずにいると、不意打ちで胸の先端を抓《つね》られた。

「あぁ！」

雷に打たれたかのような痺れが四肢に散り、びくりとスティラの体が跳ねる。強張った体は反動で弛緩し、ほんの僅かの間、無防備になった。

その隙を逃されるわけがなく、奥深くに雄を呑み込まされる。

子宮口を穿たれ、スティラは身悶えた。

「ひぁっ、あっ！」

「僕に組み敷かれてるくせに罵《ののし》ってくる君は、すごくそそる。ほら、気持ちよくしてあげるから、僕に犯されて喘ぎなよ」

「っあ、やぁっ、あぁ――ッひ、あぅ！」

深く押し込まれるたびに、あられもない声がスティラの唇から零れる。

最初は苦しいばかりだったのに、一度無防備に呑み込まされてしまったからか、徐々に痛みが麻痺しつつあった。

肉壁を擦られる刺激が、腰に甘い痺れを起こさせる。

「あっ、ン、ふ――こん、なっ――っ」

「やらしい蜜がどんどん溢れてくる。僕に無理矢理犯されてるのに、気持ちいいの？」

スティラは淫乱だねと嬉しそうに囁いて、フレイが耳殻に歯を立てる。そのまま舌を耳穴に押し込まれ、スティラは脳内を犯す水音に身震いした。

「やっ、……やめて、やっ――あ、ぁっ」

腰を打ちつけられる度に、ぞく、ぞく、ぞく、と悪寒が背筋を駆け抜ける。それが官能だと理解できず、スティラは重くなっていく下腹部に恐怖した。

自分の体が自分のものではないような感覚が、ただひたすら恐ろしくなる。

どこか奥の方からじわじわと迫ってくる波の気配に、スティラは怯えた。

「っ、――は、はぁっ、フレイ……こ……こわ、……こわいっ」

無自覚に零した言葉に、フレイの瞳が甘やかに蕩ける。そんなことになど気づきもせず、スティラは導かれるままにフレイの背にしがみついた。

「可愛い、スティラ。奥に出してあげるから、もっとちゃんとしがみついて」

歌うように囁いて、フレイがスティラの体を引き寄せる。

「ひんっ」

押しつけられた腰にあられもなく脚を開かされたスティラは、埋められた熱塊を強く締め付けた。

圧迫を無視して、律動がより激しくなっていく。

奥を穿たれる度に意識が少しずつ上に引っ張られていくような感覚を味わわされ、スティラは身悶えるままに喘いだ。

「あっ、あ、ぁあっ、ひ、んっ――ん、ンッ」

「――ッ、ふ」

熱い吐息がスティラの耳に吹き込まれ、うなじがさわつく。

中に埋め込まれた異物がどくりと拍動した途端、カッと下腹部が熱くなり、スティラは身を捩った。

「あ――ぁあっ、なに、か……ッ」

無意識に逃れようとした華奢な体が、逞しい腕に阻まれる。そのまま更に奥へ押し込もうとするかのように穿たれ、スティラは背を撓らせた。

「ひぁ、ぁ、あっ！」

「ああ、スティラ。君の中は、すごく気持ちが良いよ」

フレイの甘い声が、何度もスティラの唇に降りてくる。それはすぐに歯列を割って口内に侵入し、スティラの舌を貪った。

優しい指先が、汗で額に張り付いた髪を梳き退かす。

「僕ばかりごめんね、スティラ。次はちゃんと、君もイかせてあげる」

不慣れな感覚と激しい行為に朦朧《もうろう》としていたスティラは、寝間着を脱がされて全裸になっても、指先一つ動かせなかった。

ささやかな膨らみに、フレイの手のひらが吸いつく。柔く揉まれながら先端を強めに摘まれると、スティラの腰が勝手に跳ねた。

「ぁ、っ、——やめ、て……フレイ……ん、んンッ」

「無理だよ、スティラ。まだ、全然足りない」

埋められたままの結合部を揺すられると、微かに残る痛みに理性が呼び起こされる。それが破瓜《はか》の痛みだと脳がじわじわと理解し、スティラから一気に血の気が引いた。

「スティラ？」

胸を揉む手を拒むように体を揺らしたスティラの顔を、フレイが覗き込んでくる。

あまり男臭くない滑らかな顎を手で押しやり、スティラは呻いた。

「なんてこと……こんな……。貴方、自分が何をしたか……わかってるの……!?」

純潔であることは、花嫁の絶対条件だ。

そしてそれは、良家であればあるほど重要視され、他の男と契った娘を嫁に迎える者などまずいない。

スティラがフレイに処女を奪われたと知られたら、まず間違いなくアロンとは破談だ。

そうなれば、スティラは公爵夫人になるどころか、結婚すらできなくなってしまう。

二度とは訪れないであろう好機を、こんな馬鹿げた男に潰されるわけにはいかなかった。

きつく瞼を閉じ、奥歯を噛み締める。僅かな間を経て、スティラはカッと両の目を見開

いた。

「……忘れてあげる」

「ん？」

「貴方がわたしを強姦したこと、黙っていてあげるわ。だから、貴方も今夜のことを誰にも言わないと約束し――てぁッ!?」

唐突に結合を解かれて、声が裏返る。

スティラが目を白黒させていると、フレイの腕がスティラの腰に回り、そのままくるりと反転させた。

「きゃっ」

「しっ。声が大きいよ」

猫のように這いつくばらされたスティラは驚いて起き上がろうとしたが、フレイに背中にのし掛かられてしまう。そのまま、再び熱を持ち始めている雄芯を臀部に押しつけられ、スティラは戦慄した。

「フレイ……何を、考えて……るの？」

「この状況で聞くってことは、僕に行為を口に出させることで興奮したいってこと？」

「フレイ！」

「君が想像している通りだよ。このまま犬みたいに君を犯して、気持ちよくしてあげる」

ゆっくりと腰を撫でた両腕が脇腹を這い、乳房を掴む。離させようとスティラは手首を掴んだが、フレイは構わず柔らかな膨らみを揉みしだいた。

「や、んんッ、ふぁ——っ」

「小さいけど、感度は抜群だね。触り心地もいいし、揉みがいがあるよ」

零れた髪の隙間からうなじに吸いつかれ、ひくっとスティラの喉が引き攣る。先ほどよりも質量を増した熱杭が、まだ痺れの残る陰唇に擦りつけられた。

「わたしを強姦したこと、し、知られても——いいって言う、の？」

「それ、全然脅しになってないよ、スティラ。言いふらされたくないのは君だもの。脅しっていうのはね、優位にいるときじゃないと意味がない。今の僕みたいにね？」

「…………っ」

「可哀想なスティラ。僕を黙らせたいのなら、方法は一つだけだよ」

吐息のような笑いが、うなじに触れる唇から伝わる。震えるスティラの皮膚に、フレイの歯が柔くあてられた。

「どうしたの？　犬みたいに犯してイかせてって、僕にねだってくれないの？」

「——なに、を……言って……」

弄ぶような気配に、スティラは初めて、本気で幼なじみを恐ろしいと思った。

襲われた理由に特別なものなどなく、フレイにとっては言葉で嬲《なぶ》るのも、力で辱めるのも同じなのだ。

あの日からずっと、フレイが向けてくる眼差しは、スティラをねじ伏せ、服従させたいという欲望に充ち満ちている。

「……フレイは……わたしの何もかもが、気に食わないのね」

「そんなことはないよ？　綺麗な髪も、滑らかな白い肌も、ささやかな胸も、すごく可愛い。僕を包んでくれる温もりも、ね？」

言うなりぐっと腰を押し込まれ、スティラは咄嗟に枕に顔を埋めた。挿入の衝撃に、殺しきれない喘ぎが唾液とともに枕に吸い込まれる。

そのままゆっくりと腰を回されると尾てい骨が浮くような痺れを感じ、スティラは指の関節が白くなるほどシーツを握り締めた。

「んぁ、あ、——ひッ」

「ああ、ごめん。いきなりすぎたね」

口では謝罪を告げながら、腰を摑むフレイの指先に力がこもる。そこから始まった激しい責めに、スティラの理性はぐずぐずに崩されていった。

「あっ、あっ——や、……ぃやっ——ぁ、んんッ」

「嫌なのに結合部が泡立つくらい濡れるんだから、君はどうしようもないね？　まだ破瓜の痛みも残っているだろうに……。もしかして、無理矢理奪われて興奮してる？」

「ちがッ、んぅッ、ん——ぁっ」

肉のぶつかる卑猥な音に、ぐちぐちと粘着質な水音が混じる。

噛み締めた喘ぎに震える薄い肩を、愉悦に満ちた顔で笑う獣が見下ろしていた。

第四章　青い執着

おやすみ、ステイラ。いい夢を。

まるで幼子にするように額にくちづけながら言われても、お互いがもう子どもではないことを思い知らされた後では茶番だ。

それでも文句の一つも言えずに眠りに落ち、シャンネに起こされたときの絶望を思い出して、ステイラはさわりと背筋を震わせた。

あのときは、本当に終わったと思ったのだ。

シャンネを黙らせる方法を、何も考えられない頭で考えようとした。

けれどそれは杞憂《きゆう》で、シャンネにとっては今朝のステイラも、いつもとなんら変わらぬステイラだった。

髪は綺麗に三つ編みに結われ、寝間着姿でベッドに横になっていたのだ。風呂に入りたいから湯の準備をしてくれと指示してシャンネを遠ざけ、シーツも確認したが、破瓜による血の汚れも、淫らな痕跡も見当たらなかった。体にすら不快感はなく、拭き清められたかのようにさっぱりとしていた。

まさか夢だったのかと一瞬自分の頭を疑いかけたスティラだったが、シャンネがガウンが無いことに首を傾げたことですべての謎が解けた。

フレイは、スティラが羽織っていたガウンを下に敷いていたのだ。そして汚れたそれを、持ち去った。

向こうで処分してくれるのなら、それはそれで構わないとスティラは思った。処女を奪われた痕跡など、見ないで済むなら見ないに限る。

実際、無かったことにしなければならないのだから――。

スティラは、ガウンを最初から無かったことにして誤魔化した。

いつも寝室を綺麗に整えてくれている使用人の責任にしてしまったことに心は痛んだが、それ以外に言い逃れる方法を思いつく余裕がなかった。

(盗難の疑いだけはかけられないよう、あとでニックに言っておかなきゃ)

家令であるニックに、汚してしまったから隠してしまったのだと伝えておけば、巧く収めてくれるだろう。

　スティラはひとまず考えが纏まったことに安堵し、バスタブの湯で顔を擦った。

「緊張していらっしゃるのですか？」

　声をかけられたことで、背後にシャンネがいたことを思い出す。

　丁寧に髪を洗ってくれている彼女に曖昧な返事をすると、「ご安心ください」と妙に気合いの入った返事が返ってきた。

　何事かあったかと思いかけてたが、すぐにスティラははっと息を呑む。

（そうよ、昼にアロン様と食事の約束があるのだったわ！）

　早朝から湯に浸かりたいと言い出したスティラに対し、シャンネが妙に納得顔だったことに今更気づいて、スティラは自分に呆れた。

（フレイに振り回されている場合じゃないわ。しっかりしなくちゃ）

　それでも、浮かれきっているであろうフィーナと顔を合わせるには気まずくて、スティラは緊張を理由に一人だけ朝食を自室で取った。

　相手がバートレド公爵だということが功を奏してか、スティラの心情に疑問を抱く者はなく、様子見に来ることすら憚《はばか》って、静寂を保ってくれる。

　その静寂こそがぐるぐると考える時間をスティラに与えてしまうのだと気がついたのは、

食後の一杯を給仕し終えたシャンネが退室した後だった。

考えないようにしても、冷静になってくるにつれて体の怠さやあらぬところの痛みを自覚する。

苦い気持ちを少しでも紛らわせたくて、スティラは手にしていた紅茶にたっぷりと蜂蜜を足した。

優しい甘さを口に含み、溜め息ごと飲み込む。

どんなに考えても、フレイが何を考えているのか、スティラにはわからなかった。

それは今に始まったことではないが、今回の出来事はスティラの人生を左右するものだ。だからこそ、フレイのとった行動が安易に行われたものだと考えたくはなくて、何度も真意を探すが、出てくる答えはいつもと変わらぬものだった。

フレイは普段、見目に似合った、貴族らしい品のある言動をする。だが、幼なじみであるスティラからすると、彼の態度はいつだって他人を見下していた。

無自覚なのではなく、あきらかに意図して、そうとわからぬように振る舞っている。

フレイは相手が誰であろうと、支配する立場にいたいのだ。

（そう考えると、まるで動物よね。フレイの容姿や立ち居振る舞いからは、想像もつかない内面だわ）

だが、スティラはフレイの本性を知っている。だからこそ、今回のフレイの行動理由が、ある種の支配行動だという答えにいきついてしまうのだ。

スティラが公爵家に嫁ぐということが、フレイにとっては支配を逃れる行為だと判断されたのではないか、と。

「なんて身勝手で、愚かな欲望かしら……」

スティラはフレイの幼なじみではあるが、恋人ではない。それどころか、フレイのスティラに対する態度を考えれば、友人ですらないのだ。

フレイの身勝手な欲望に純潔《じゅんけつ》を奪われたのだと、改めて思い知らされる。

蜂蜜が淀む紅茶を飲み干しても、胸から湧き上がる苦い気持ちは消えてくれなかった。

◇　◇　◇

散々悩んだ末にスティラが選んだのは、町屋敷《タウンハウス》に来てすぐに仕立てて貰ったベージュのドレスだった。

肩から前身頃、袖、スカートの一部にプリントされた、幅の違うダークグリーンのボーダーラインが、大人っぽくて気に入っている。

袖を飾るレースにはピンク色のリボンがついており、若さもきちんと強調されているところが素敵だ。

間違いなくこの春のとっておきであるドレスを着ていることで、スティラの心も幾ばくか浮上する。

生娘《きむすめ》で無くなってしまったことがバレてしまうと、不貞を働いた娘を選んだとして、バートレド公爵家の名にも傷がついてしまう。そう考えることで、スティラはひとまずの心の平穏を保っていた。

罪悪感を誤魔化しているのだと指摘されてしまえば否定はできないが、今のスティラに負い目を感じている余裕などない。

その余裕のなさが却って余計な思念を取り払ってくれたのか、迎えに来てくれたアロンの手を借りて馬車に乗り込んだあとも、スティラは誰もが憧れる異性を前にしているという緊張を抱いただけで、レストランまでの道のりを過ごすことが出来た。

アロンがとても話し上手だったのも、受け答えが不自然にならずに済んだ一因だろう。

窓際の景色のいいテーブルに案内されて席に着くまで、スティラは周囲の羨望の眼差しすら、心地よく受け止めることができていた。

それが錯覚でしかないと思い知らされたのは、視線の先に見間違いようのない横顔を見つけてからだ。

耳元でどくりと響くほど心臓が強く拍動し、顔から血の気が引く。

驚愕の次に湧いたのは、まさかという思いだった。よく似た他人だろうと信じたい気持ちが、フレイではない要素を探して視線をさまよわせる。

だが、何度見ても、どこを見ても、彼がフレイ本人であることを突きつけられただけだった。

「どうしたんだい、スティラ」

「い、いえ……知人がいたと思ったのだけれど、よく似た別人だったみたい」

話しかけられてようやく、食前酒を選ぶためのメニューが給仕によって差し出されていたことに気づく。

選ぼうとしたが視界の隅で青い瞳がこちらを向いていることに気がついてしまい、スティラはみっともなく迷ってしまった。

「人目があったほうが却って落ち着くかと思って個室にしなかったんだが、移動するかい？」

「あ……、その、ここで大丈夫ですわ。賑やかな場所は好きです」

「それは良かった。よければ、私が選ぼう」

「はい。お願いします」

アロンがさりげなくフォローしてくれたので、それに頷く。

迷った理由を優柔不断だと思われるならまだいいが、味や価値がわからなかったのだと思われていたらと思うと、気が休まらない。

ステイラは悔しくて、膝上で手のひらをぎゅっと握り締めた。

伯爵家の娘として、恥はかきたくない。

アロンが給仕と話している間にステイラはフレイを睨みつけたが、そのときは既に、何食わぬ顔で向かいにいる友人と談笑していた。

料理が運ばれてきても、ステイラは殆ど口をつけることができなかった。

淑女らしく振る舞わなくてはという決意に、フレイが現れたことによる動揺が加わって、どんどんと胃が重くなっていく。

せっかくアロンが誘ってくれたのに――というステイラの思いに、胃はちっとも応えてくれなかった。

「口に合わなかったかな？」

「とんでもありません。見た目も綺麗だし、美味しいです。たくさん食べたいのに、どうしても緊張してしまって」

「男として意識してもらえているなら嬉しい限りだが、顔色が悪いようだ」

緊張を理由にしたところで、料理にまったく手をつけないなど失礼にもほどがあったが、アロンはスティラの言動に対して気分を害した様子はなかった。

それどころか、スティラの体調を気遣ってくれる。

アロンの優しさに、スティラの気持ちが幾ばくか安堵に緩んだ。それを切っ掛けに体調が戻ればよかったのだが、結果は逆だった。

気を張っていたからこそ無視出来ていた疲労感が、一気にスティラを襲う。

「――っ」

強い眩暈に平衡感覚を失ったことで、手からフォークが滑り落ちたのがわかったが、スティラの視界は真っ白だった。

「スティラ！」

椅子から落ちそうになった体をアロンが支えてくれたのだと、視力が戻って来たことで知る。スティラは眩暈を堪えるように、こめかみを指先で押さえた。

「ごめんなさい。気合いを入れて、コルセットを締めすぎたみたい」

少し品の無い冗談だったが、こうでも言わなければ場を誤魔化せない。スティラは化粧室へ下がらせてもらおうとしたが、アロンの腕は肩から離れなかった。

「無理はしなくていい。すぐに用意させるから、個室で休ませてもらおう」

断る前に、優秀すぎる給仕がすでに手配を始めてしまったことに気づき、スティラは奥歯を噛み締めた。

アロンに迷惑をかけたくはなかったが膝に力が入らず、背中には冷や汗が滲んでいる。ここで無理を言うほうが迷惑だと判断し、スティラはアロンの手を借りて立ち上がった。

「せっかくの席に……本当にごめんなさい。お言葉に甘えさせて頂くわ」

「未来の夫が相手だ。そんなに恐縮せず、甘えて欲しい」

「……アロン様」

アロンの紳士さにうっとりとしたスティラだったが、立ち上がったことで下半身が鉛のように重いことを知る。そこから導き出される体調不良の一番の原因に、余計に気分が悪くなる思いだった。

体だけではない、心にも大きな負担がかかりすぎている。

(全部、全部フレイのせいだわ――！)

先ほどの、視線で締め付けられるようだった緊張にようやく怒りが追いついて、僅かに気力が戻る。それでも具合は悪く、スティラはアロンに縋《すが》らなければ奥へ向かう通路を歩くこともできなかった。

「バートレド公爵様、お部屋のご用意が整いました。ご案内いたします」

「ありがとう。だが、鍵だけ渡してくれればいい」

「かしこまりました。この通路の角を右に曲がり、突き当たった場所にあるお部屋でございます」

楚々と現れた給仕から鍵を受け取ると、スティラの肩を支えていた腕が腰に回る。

ぐっと引き寄せられたことで、スティラはそこを支えられなければならないほど体重をかけてしまっていることに気づき、申し訳なさに唇を噛み締めた。

「――ごめんなさ」

「お手伝いしますよ、公爵様」

唐突に背後から声がかかり、アロンの腕を引き剝がすようにして腰が攫われる。

スティラが自ら体を起こそうとしていたこともあり、華奢な体は容易く逆側に現れた男の胸元に寄り添った。

「君は、」

「昨夜、ご紹介に与《あずか》りました、フレイ・ペルディンです。同じレストランにいたのですね。

バートレド公爵様がお見えになられていると、女性たちが囁いているのを耳にしまして、ご挨拶をと」

偶然だと言わんばかりにここに現れた理由を一息に告げ、驚いていたアロンを今度は戸惑わせる。

「給仕に席を尋ねようと通路に出たところでスティラの背中が目に入ったので、何事かと思いました。彼女までここにいたことにも驚きましたが、具合の悪そうな彼女を、誰かが奥へ連れ去ろうとしているように見えたので。相手が貴方様でよかった」

「あ、ああ」

はきはきとした物言いに気圧されるように、アロンが頷く。

あからさまな威圧にスティラはなんて無礼を働くのかと憤りたかったが、批難すればフレイは何を口走るかわからない。

スティラは仕方なく、黙ってフレイに抱えられているしかなかった。

しかし、あまりにがっしりとフレイが支えているので、アロンが手を貸す余地が無い。

そのことにもアロンが戸惑っていることはわかったが、スティラにはどうすることもできなかった。

せめてと、全体重でフレイに寄りかかったが、彼が困る様子はない。

「それで、いったいどうしたのですか？」

「彼女の顔色が優れないようなので、個室を用意してもらったんだ。少し休んだほうがいいと思ってね」

「個室？　ここも個室ですよね？　ここの給仕は何を考えているんだ？　具合の悪いご婦人がいるのに、なぜわざわざ遠い部屋を――」

すぐ脇にある扉を指差されてから、その通りだと気がつき、スティラは目を瞬かせた。そのことにアロンも気がついたようで、肩に添えられていただけだった手のひらに力がこもる。

だがそれは、すぐに離れた。

「それもそうだな。すぐにこの部屋に変えさせよう。スティラ、鍵を交換してくるから、少しだけ彼と待っていてくれ」

「いいえ、歩けます。そんなお手間をかけていただくほどでは――っ」

スティラはとんでもないと顔を上げたが、既にアロンは背を向けてしまっていた。

「逃げたな、臆病者め」

「え？」

フレイの呟きを聞き逃してスティラが反応すると、青い瞳がゆっくりと細められた。

「な、何よ」

「まさかとは思うけれど、公爵にもこんなに思い切り寄りかかっていたのかい、スティラ。具合が悪いとはいえ、それはいただけないよ？　着飾った女ほど、重いものはないのだから。君は中身も重いけど」

言葉のすべてが嫌味だったが、最後の一言はスティラの胸に突き刺さった。

スティラは太っているわけではないが、身長が百六十八センチあるのだ。

幼い頃、友人たちから頭一つ抜きんでている自分が恥ずかしくて、食事が喉を通らなくなったことがあるほど気にしていることなのに、それを無神経にも指摘してくるのはいつだってフレイだ。

ただでさえ色々な感情が綯《な》い交ぜになっているのに、更に追い詰めるようなことを言われて、スティラはその身を打ち振るわせた。

体中から気力を総動員するように奥歯を喰い締め、息を勢いよく吸いこむ。気力を振り絞って自らの足で立つと、スティラは腰を支えるフレイの腕を振り払った。

「重いなら、支えてくれなくていいわ」

「どこへ行くの？」

そのまま歩き出したスティラの背に、動揺の欠片も滲まない声がかかる。

「帰るわ。アロン様にもそうお伝えしておいて。今は誰の顔も見たくない」

「あれ、珍しい反応だね。本当に具合が悪いの？」

「誰のせいだと――ッ」

声を荒げかけたが、スティラは言っても無駄だと口を閉じた。戻る途中でアロンと会えたので、謝罪と辞去を伝える。

アロンは心配して送ると言ってくれたが、こんなぐちゃぐちゃな気持ちのままアロンの馬車に乗るくらいなら、歩いたほうがマシだった。

丁寧に断り、レストランを出る。

二つ目の辻までは気概が勝ったが、動けたのは怒りで気が高ぶっていた間だけだった。怠い身体を持て余してしまい、スティラは仕方なく辻馬車を拾おうとしたが、支えにしていた壁から離れた途端に立ち眩《くら》みを起こしてよろめく。

「――ッ」

「美しい伯爵令嬢がこんなところに一人でいたら、拐《かどわ》かされてしまうよ」

大きな腕に支えられ、耳元で囁かれる。

言いたいことはたくさんあるし、悔しくて堪らなかったが、スティラは一刻も早く屋敷に帰りたかった。

近くに停められていたフレイの馬車に、促されるまま乗り込む。隣に乗り込まれたところで微かに後悔したが、今更遅い。

「スティラって、追い詰められると結構面白い行動をするよね。まさか本当に歩いて帰ろうとするとは思わなかった」

「気分が悪いの。話しかけないで」

「こんなに真っ青な顔してる君を、公爵が一人で帰すとも思わなかった。僕が現れたことで、動揺していたのかな？」

「どうしてフレイが現れたくらいでアロン様が動揺するのよ。彼はわたしの意思を尊重してくださっただけだわ」

「無視すべき意地かどうか見分けられないなんて、女心がわかってないよね」

「わたしは、本気で、一人になりたかったの！　男の気を引きたくて無茶を言う女と一緒にしないで！」

「ならせめて、無事に屋敷に辿り着けるか、そっと見守るべきだった。僕みたいにね？」

「貴方の馬車が邪魔だったのよ」

「それは盲点だった。二人の邪魔をして悪かったね」

スティラの言葉をことごとく受け流して、フレイが薄く笑う。伸ばされた指先がうなじの後《おく》れ毛を引っ張ってきたので、スティラは無言で払った。

それでも懲りずに、今度はスティラの前髪を梳く。

あしらうのが面倒でスティラは目を閉じたが、そのまま頬を撫でられては落ち着かない。

スティラはフレイを睨み付けようとしたが、瞼を開くよりも先に顎を取られ、くちびるが塞がれていた。

「ッ!? んっ」

両腕をフレイの胸元で突っ張らせたが、それよりも強い力で後頭部を引き寄せられる。

ガッチリと歯列を閉じて深いくちづけを拒んだスティラの唇を、フレイの笑みが撫でた。

「そんなに必死に拒まなくても。傷つくよ?」

フレイの拘束が緩んだ瞬間、思い切り突き飛ばす。あまりに唐突だったために怯えが勝り、スティラは馬車の側面に身を寄せた。

「何をするのよっ」

「いいね。僕に怯えてるくせに、しっかり睨んでくるところが堪らない」

ふふ、と零すように笑い、フレイが目を細める。己の世界に浸るような眼差しで見つめられ、スティラは愕然とした。

「……本当に、貴方が何を考えているのかわからないわ」

思わず呟いたスティラの言葉に、フレイの笑みが深くなる。

そこだけを切り抜いたならば見惚れるほど美しい微笑だったが、スティラは背筋に奔《はし》った怖気に身震いすることしかできなかった。

第五章　気まぐれな劣情

　春の花々も終わりを迎え、いよいよ新緑が支配を強めた庭園を、スティラは自室から眺めていた。

　穏やかな風に髪を遊ばせながら、木々を渡る小鳥を愛でる。出窓の縁に留まった一羽に指先を伸ばすと、驚いたように羽ばたいていく。

　それを目で追うと深みを増しつつある空が視界いっぱいに広がり、スティラはその青から連想される男を思い出して、視線を室内へ戻した。

　タイミングよく、シャンネが入室の許可を求めてきたので、応じる。

「お嬢様宛のお手紙をお持ちしました。バートレド公爵様からのお手紙も届いておりましたよ」

「まあ、アロン様から？　ありがとう」

差し出されたトレイから手紙とペーパーナイフを受け取り、真っ先にアロンからの手紙を開封する。

手紙には先日の体調不良を案じる言葉と、体調が回復したら改めて食事を——という誘いがしたためられていた。

今度はアロンの屋敷に、両親共々招待してくれるらしい。

緊張から体調を崩したと思っている公爵の、優しい心遣いだろうとわかるだけに、スティラは表情を暗くした。

「……お嬢様？」

スティラの表情のせいで内容を誤解したらしいシャンネに、慌てて首を振る。

「違うの。アロン様はとても優しいお言葉をくださったわ。わたしの体調が良くなったら、お父様とお母様も一緒に、屋敷へ招待してくださるそうよ」

「まあ！　それは楽しみでございますね。でも、それならなぜ、そのように暗いお顔をしておられるのですか？」

「……本当に良くしてくださるから、自分が情けなくて」

「情けないなんて、とんでもございませんわ。お嬢様はとても素敵な淑女です。お美しいうえに、ご聡明で――」

「でも、わたしが異性に好かれないの、知ってるでしょう？」

「それは、彼らが遅れているのですわ。お嬢様の魅力がわからない男など、捨て置けばよろしいのです。バートレッド公爵様のように、わかる方にはわかるのですから」

鼻息荒く力説されて、苦笑する。するとシャンネは興奮した己を恥じるように一礼し、紅茶のお代わりを用意すると部屋を下がってしまった。

世辞ではなく、素晴らしい女性だと称賛してくれたシャンネの言葉は、スティラの胸に誇らしさを抱かせたが、それを押し出すように罪悪感も湧き上がらせる。

（……わたしは、みんなを裏切っているのね）

アロンだけでなく、スティラを素晴らしい娘だと思ってくれているすべての者を、裏切っている。

実際には裏切られたと言うほうが正しいが、その隙を作ってしまったのは間違いなく自分だ。

スティラは幾度となくあの夜の自分の愚かさを悔いたが、奪われてしまったものは二度と取り戻せないものなのだから、悔いることすら無駄なのだろう。

だからこそ、嘘をつき通すしかない。

(婚約を申し込んだ当日に、相手が不貞を働いたなんて知られてしまったら、アロン様は大恥をかくわ)

愚かな女を選んだと、バートレド公爵としての資質すら馬鹿にされかねない。

こんなにもスティラのことを気遣ってくれる優しい紳士に、そんな不名誉な恥をかかせるわけにはいかなかった。

公爵夫人になりたいという願望もあるが、そのことを危惧する気持ちにも偽りはない。

(しっかりしなくちゃ……。これ以上、フレイに振り回されてはいけないわ)

気を持ち直して、残りの手紙を開封していく。大抵が女学院時代に親しくなった友人からの茶会の誘いだったが、みな揃ったようにアロンとの婚約について興味津々な一筆が添えられており、スティラは苦笑いするしかなかった。

◇　◇　◇

アロンへ返事を書かなくてはとペンを握るのだが、どうしても手が動かない。

気分転換をしようにも、アロンへ返事をしないまま茶会などの誘いを受けるのは憚られ、ステイラの足は自然と貴族図書館へ向いた。

ここなら気を紛らわせてくれる本がたくさんあるし、アロンに外出していることを知られても、静かな場所で心を休ませているのだと言い訳も立つ。

なにより、フレイがいない。

人気があり、外面のいいフレイの交友関係は広いため、今は様々なイベントへの誘いで大忙しなのだ。

そういう場にステイラが出席しない限り、顔を合わせることはまずない。

屋敷を訪ねられても大半を図書館で過ごしているため、今のところやり過ごすことができていた。

それでも、学術書や歴史書ばかりを読んでいると飽きてくる。

ステイラは散々悩んだが、意識しすぎてあえて避けていた娯楽図書が並ぶ書架へ足を踏み入れた。

「……別に、気にしているわけじゃないけれど」

自分に言いきかせるように呟いて、以前、リーシラに押しつけられて読んだことのある恋愛小説を見つけ出す。人気作家なのか、かなりの冊数の著書があった。

タイトルからして恋や愛という言葉が乱舞しており、手に取るのに勇気がいる。

だが、すぐに別に恥ずかしいことをしているわけではないと思い直し、スティラは一冊手に取った。

シンプルな装丁の表紙を指先でそっと撫でると、慕う気持ちもないのに婚約するのかと、憐れむようだったフレイの言葉を思い出す。

アロンに婚約を申し込まれたとき、心浮き立つほど高揚し、こんなに喜ばしいことはないと思った。なのに、フレイは感情を無視した選択だと、スティラを否定したのだ。

（だけど、それは違うわ――。惹かれたものが違うだけじゃない）

スティラは公爵家という身分に惹かれたから、婚約の申し出を受けたのだ。自分の感情に、嘘などついていない。

その意思を否定し、恋慕でなければ嘘だと言い張るフレイの考えこそが、押しつけだ。

「恋愛感情がなくても、互いが望んで結ばれるのであれば問題はないじゃない」

それに、スティラにはなくとも、アロンにはある。

一目惚れだったのだと、恋慕を吐露《とろ》してくれているのだ。一緒に生活するようになれば、スティラの心にも自然と愛する気持ちは芽生えるだろう。

そう思うのに、こうして自分に言いきかせるように何度も考えを巡らせてしまうのは、ステイラがまだ恋を知らないからだ。

図書館に通うことを思いついたのも、実を言えばその焦燥を少しでも払拭したかったからだった。だが、すぐに恋愛小説を手に取るのは憚《はばか》られ、ステイラは三日ほど葛藤してようやく、現物に手を出すことができたのだ。

ソファやテーブルが並ぶフロアに移動してもよかったが、なんとなく気恥ずかしさがあり、資料や図鑑が並べられた人気の少ない書架の間に身を寄せる。

人の気配を遠くに感じながらページを繰る音だけを聞く空間は、ステイラにとってとても心地の良いものだった。少しずつ物語にも引き込まれていき、目の前にある文字を追うことだけに意識が向いていく。

脳内に構築されていた世界が、章の切れ間で舞台を変えようとしたとき、ステイラは本を取り上げられるという行為によって、現実に引き戻された。

驚きに見開いた瞳を、いつの間にか隣に立っていた男に向ける。

「フレイ、どうしてここに――」

「どうしてここにいるか、だって？　そんなことは、君が一番良く知ってるだろう」

皮肉げに眇められた目がぐっと近づき、ステイラは気圧されるように一歩下がった。だが、フレイが更に近づいてくるので、また一歩、また一歩とぎこちない足取りで後ずさりさせられる。

「フレイ、なに……」

意図がわからず戸惑いを口にしたが、背が壁に行き着いてしまったことで、スティラは息を呑んだ。

まるでそうすることが目的だったかのように、フレイの片手が壁につく。書架と壁の角に閉じ込められて、スティラは身を竦めた。

なんとなく見上げられずにいたスティラの顎に、開かれたままの本が差し込まれて上向かされる。強引な所作に眉を顰めたが、向けられた青眼に苛立ちが滲んでいることに気がついて、スティラは落ち着かない気持ちになった。

「何を読んでるのかと思えば、恋愛小説じゃないか」

「わたしが何を読もうが、勝手でしょう」

「そうだね。だけど、僕から逃げた先で読まれていた本だと思うと、不愉快かな」

「逃げてないわ。知りたいことがあったから、ここに通っていただけよ」

「嘘だね。君がこの三日間手に取った本に、なんの整合性も感じられなかった。君は間違いなく、時間を潰すためにここにいる」

指摘は正しかったが、問題はそこではない。スティラは瞳に怯えが混じるのを、堪えられなかった。

「貴方……ずっと見ていたの？」

「最初は父の指示で資料を借りに来ただけだったから、偶然だけどね。次の日のリーシラの茶会にいなかったから、あれと思ったんだ。もしかしてと思ってここに足を運んだら、やっぱり君はいた。後で君が友人からの誘いをことごとく断ってると聞いて、すぐにわかったよ。ああ、僕を避けている——ってね。どうして？」

逃げ場のないスティラの耳元に唇を寄せて、フレイが囁く。

スティラがフレイに会いたくない理由など誰よりもわかりきっているくせに、不思議そうな顔で問いかけてくる厚顔さが嫌だった。

「会いたくなかったからよ。決まってるでしょ」

「それでいいの？　僕が余計なことを誰かに言わないよう、必死になって監視すべきじゃないのかな？」

「——ッ」

指摘されて初めて、その通りだと気づかされる。

普段のスティラだったら、間違いなくそうしていたはずだ。けれど今回、スティラはどうしてかフレイを避けることを選んでしまっていた。

「普段の勝ち気さが活かせないくらい、僕が怖いのかな？　僕は何一つ変わってないのに、何が怖いの？」

　確かにフレイは変わっていない。それこそ恐ろしいと思うほどに、己の支配欲に忠実だ。変わったのは、スティラの立場だけ。

　けれどその変化こそが、スティラにとってのフレイという存在を、幼なじみから得体の知れない何かに変えてしまっていた。

「フレイ……貴方、変よ。わたしに対して、罪悪感はないの？」

「何を悪いと思えと？　僕は君に対して、悪いと思うことは何一つしていないよ」

　さらりと告げられた一言に、恐れなのか怒りなのかわからない感情が湧き上がる。スティラは眦を吊り上げると、フレイをきつく睨んだ。

「いい加減にして。わたしは貴方の玩具《おもちゃ》じゃないわ！」

　フレイの手によって弄ばれていた本を、腕を振るって叩き落とす。スティラはそのまま懐から抜け出そうとしたが、払ったフレイの腕が戻ってくる方が早かった。

　力強い腕に腰を抱かれ、踵が浮くほど抱き寄せられる。フレイの体で挟むようにして壁に押しつけられてしまい、スティラは藻掻こうにも藻掻けなかった。

「なにをっ、んぅ！」

張り上げかけた声が、冷たい唇に呑まれる。閉じきれなかった口腔はフレイの侵入を許してしまい、舌に舌を擦りつけるようにして深く貪られた。

すぐさま角度を変えた唇が、唾液を纏ってぬるりと滑る。スティラは顔を振って逃れようとしたが、強く下唇を噛まれてびくりと肩を揺らした。

「――っ、んっ、む、ふッ」

押し殺した声と控えめな布擦れの音が、この空間では酷く淫らに響く。

いつの間にか這い上がってきていたフレイの手のひらがスティラのうなじを摑み、長い指先が耳の裏にあるくぼみを擽った。

スティラの意思を無視して、ぞくぞくっと背筋が震える。自然と顎があがってしまい、スティラは自ら深いくちづけをねだるような動きをさせられた。

突き出してしまった唇を、フレイのそれが甘く吸う。その感触を気持ちがいいと思ってしまい、スティラが後悔したところで、くちづけは終わった。

「フレイ、貴方――」

言葉半ばで、唇に人差し指を押し当てられる。スティラが僅かに顎を引くと、フレイは伏し目がちに微笑した。

余裕に満ちた態度が気に食わなかったが、近くでカタリと物音がして心臓が跳ねる。

息を殺して通路を窺うと、男が一人通り過ぎて行った。ちらと視線を向けられたことに、スティラの血の気が引く。

「大丈夫。逢い引きしているようには見えただろうけど、君の顔は僕で隠れて見えなかったはずだ」

フレイの手のひらが、僅かに温度が下がったスティラの指先を擦るように握った。スティラは手を引こうとしたが、強い力で摑まれる。

「触らないでっ」

「静かに。ここがどこだか、忘れたのかい？」

叫ばせた張本人のくせにしたり顔で注意され、スティラは唇を噛んだ。

「――忘れてないわ。わかったから放して」

抑えた声で告げ、今度こそ腕を振り払う。落としてしまった本を拾い、スティラは足早に書庫を出た。

「帰るの、スティラ」

当然のように追いかけて来たフレイを、無視して回廊を進む。

「僕を無視するのは構わないけれど、本を貸し出し処理せずに持ち出すと、窃盗扱いになるんじゃないかな？」

「――っ！」

フレイの指摘に、スティラははっと足を止め、手に持ったままの本に視線を落とした。フレイから離れようとするあまり、さっき拾ったばかりだというのにその存在を忘れていたのだ。

扉と本を交互に見たが、その合間にフレイのにやついた顔が挟まり、スティラの眉間に皺が増える。

思いつきというよりは反射で、スティラはフレイの胸に本を突きつけた。

「おっと、なに？」

「返しておいて」

「いいけど、僕の話がまだ終わってないよ」

本から離そうとした手をそのまま押さえ込まれ、強い力で引っ張られる。そのまま通路脇にあった扉の奥へ押し込まれ、スティラはたたらを踏んだ。

「きゃっ、な、なに……？」

驚いて振り向いた先で、フレイが扉を閉める。薄暗くなった空間を見渡すと、先ほどまでいた書庫を圧縮したような部屋だった。

「やだ、ここ……保管庫じゃない。鍵がかかってるはずじゃ」

「知り合いがいて、ちょっと、ね？」

動揺するステイラに、フレイの指先が差し出される。そこに鍵があることに気がついて、ステイラは呆れた。

「こんなことをしてばれたら、貴方もお友達もただじゃすまないわよ。貴方たちが罰せられるのは構わないけれど。そこにわたしを巻き込まないで」

溜め息を一つつき、ステイラは部屋を出て行こうとしたが、取っ手を掴もうとした手首を掴まれる。

そのまま上に引っ張られ、ステイラは釣られた魚のようにフレイに寄り添わされた。

「ッ、なに――」

「愚かなのは君だよ、ステイラ。いつまでそうして、僕から逃げるの？」

鼻が触れるほど間近で見つめられ、息を詰める。低く抑えられたフレイの声が、ステイラの唇を掠めた。

「すごく、気に食わないよ。君らしくない」

「何を、言って」

じっとステイラを見つめてくるフレイの瞳が、窓を塞ぐ幕布の隙間から零れる光を吸い込む。とろりとした青が時折鋭く輝いて、フレイの内側にある熱をステイラに見せつけるようだった。

狭い空間に二人きりだということを唐突に意識させられて、うなじが痺れる。肉体的な危機感を抱き、スティラは咄嗟に視線を逸らした。

「――フレイ。放して」

「なぜ？」

「痛いわ」

「逃げない？」

「ええ。だから、放して」

僅かな間を経て、手首を拘束していた力が緩む。スティラはフレイに摑まれていた場所を自分の手で摑み、胸元に引き寄せた。

ほっとしたことで吸い込んだ空気に、フレイの匂いが混じる。香水の爽やかな香りなのに妙に色気を感じてしまい、スティラは僅かに身を引いた。

そのまま後ずさって離れようとした腰に、フレイの腕が伸びる。

スティラは身を翻して逃げようとしたが、狭い部屋ではどうしようもなく、扉から一番遠い壁に追い詰められただけだった。

「ち、近づかないで」

「君が逃げるから」

「逃げてないわ」

警告するように、しっかりとフレイを見据えて告げる。だが、怯えを必死に隠そうとするスティラを嘲笑うように、フレイの口端が僅かに上がった。

「スティラ。男はね、そういうふうに警戒されると、期待に応えたくなるものだよ？」

「あっ」

一息に間合いを詰められ、積まれていた荷箱の上に押し倒される。

無意識に摑んだ幕布が音を立てて半分千切れ落ち、巻き上げられた塵《ちり》が差し込んだ光の中で煌めいていた。

「やっ、――んっ」

中途半端に落ちていた腰が抱き上げられ、荷箱に乗せられる。スティラが藻掻く間に、フレイの手が背中のフックを外していった。

デイジーが描き染めされた青いドレスがフレイの腕によって引き下ろされ、床に落とされる。

抵抗する動きすら利用されてしまい、スティラは瞬く間にあられも無い姿にさせられてしまった。

「な、な――」

「ああ、髪が乱れてしまったね。綺麗に編み込まれてたのに――。でも僕は下ろしているほうが好きだ」

ほつれた髪を長い指先が絡め捕り、そのまま梳くように後ろに流される。髪留めが外されると、張りのあるスティラの髪は散るように解けて肩に落ちた。

「フレイ、やめて」

前開きのコルセットに掛けられたフレイの手を、強く押さえつける。だが、動きが止まったのは一瞬だけで、フレイはスティラに手を重ねられたまま、フックを指先で容易く弾いた。

「あっ、だめ――」

焦燥する心とは裏腹に、締め付けから解放されていく上半身から力が抜ける。コルセットが外れて後ろに落ちると、フレイの顔が胸元に埋められた。

絹のシュミーズごしとはいえ、熱い息が谷間にかかり、身震いする。

「んっ――いや、いやよ、フレ、ィ」

細い黒髪に華奢な指を絡めて、強く引く。同時に肩も叩いたが、フレイは含み笑った。

「僕を拒んでいいの？　スティラ」

喉元に鼻先を擦りつけながら、囁くように問われる。

あきらかな脅迫にスティラは唇を噛んだが、握り締めていたフレイの髪から手を放さざるを得なかった。

「――卑怯者」

「そうだね」

口先だけの同意を零した唇が、いつかと同じように布越しに先端を濡らす。

擦りつけるように食まれるとピリリとした痛みが皮膚の上を這い、熟れるように乳首が硬くなった。

「かわいい。スティラはここも小さい」

暗に胸も小さいと言われたが、怒れる状況ではない。

スティラは擦り寄せられる顔を胸から離したくて堪らなかったが、フレイの後頭部で拳を握って耐えた。

フレイが何食わぬ顔で、逆の胸の蕾も刺激して膨らませる。

「ん――ッ」

「布越しに尖ってるのが見えるのは、すごくやらしいよね」

ようやく顔を離したかと思えば、満足そうに見下ろされる。

スティラは恥ずかしさに身を捩ろうとしたが、フレイの肩を摑んだ指先が震えただけだった。

その腕すら仔猫を払うように退かされ、手首を摑まれてしまう。そのまま口元に引っ張られ、フレイの舌に手のひらから肘裏までを舐められた。

「――っ、や、ぁ」

ぬめりを帯びた熱に、肌が粟立つ。その余韻も冷めぬうちに逆の手に尻を揉まれ、スティラは腰を跳ね上げた。

「ひゃ――ん、ふ、ぅ」

あげかけた悲鳴が、フレイの唇に呑まれる。スティラの唇を軽く吸いながら、フレイは口端を微かに上げた。

「声が大きいよ、スティラ。秘密をばらしたいと言うなら、僕は止めないけど」

意地悪な言葉に、勢いよく首を左右に振る。唇を嚙み締めたスティラを見下ろしながら、フレイはゆっくりと目を細めた。

その動きに添うように、尻を摑んでいた手が脚の付け根を撫でて腿に下りる。ストッキングの縁に手が差し込まれ、太腿を包むようにするりと撫でられた。

「ぁ、っ」

「初めてちゃんと見たけど、スティラの脚はすごく綺麗だね。すらりとしてて、柔らかくて、美味しそうだ」

フレイの指先が肌をなぞる感触に、どうしてかぞくぞくと腰が痺れる。

スティラは戸惑って脚を引こうとしたが、フレイの指が引っ掛かったままだったのでガーターベルトのボストンが外れ、ストッキングが膝まで脱がされてしまった。

引き上げようと手を伸ばしたが、それよりも早く引き抜かれてしまう。

せめて片方だけでもと死守しようと裾を摑んだが、持ち上げていた上体にのし掛かられ、押し戻されてしまった。それでもストッキングから手を放さず、フレイの手を拒む。

端から見れば滑稽な、指先だけの攻防が暫く繰り広げられたが、シュミーズの裾から入り込んできたフレイの手に直接胸を摑まれて、スティラは怯んでしまった。

「や、んっ――」

「放して、スティラ」

抵抗するの？　と眼差しに訴えられる。

スティラは反発するように指先に力を込めたが、青い瞳が笑みに細められた薄気味悪さに根負けしてしまった。

「いいこ」

男にしては節のない美しい指先が、ストッキングごと腿裏を掴む。ぐっと片足だけ高く持ち上げられ、スティラは僅かに体勢を崩した。

「っ、なにす――」

言い切る前に、ストッキングと腿の境目に唇が落とされる。

それは少しずつ脱がされていくストッキングを追うように膝、ふくらはぎ、足首――と移動し、くるぶしに柔く歯を立てた。

「っ」

「君の肌は、どこも甘い」

爪先《つまさき》からストッキングが落とされ、手のひらが形を確かめるように足裏や甲を愛撫する。その後を追うように唇が這い、爪先にくちづけたかと思えば、おもむろに親指が口内に含まれた。

「やっ」

生温かくぬめった感触が親指の腹をねぶり、爪の生え際に歯が立てられる。

不快と紙一重の何かを感じさせられて、スティラはぶるりと身を震わせた。

「――っ、んっ、ぁ――やめ、やめて」

足を取り戻そうにも足首とふくらはぎをしっかりと掴まれており、動かすことすらまま

ならない。

そうこうするうちに指のすべてを舐めしゃぶられ、小さな爪が唾液にきらきらと光った。

「爪もピンク色で、綺麗だ。指も長いね」

感嘆するように告げて、土踏まずに吸いつく。そのままうっとりとふくらはぎに頬ずりされて、スティラは理解できないフレイの行動にただただ狼狽した。

「へん、たい――ッ」

「君も感じてるくせに」

罵りを微笑であしらわれ、膝裏を舐めあげられる。

途端、ぞくぞくするような痺れが膣の奥に奔り、じわりと愛液が肉壁に滲んだ。

まぎれもない快感への反応に、カッと目尻が熱くなる。

スティラは羞恥から脚を閉じようとしたが、再び体をねじ込んできたフレイによって阻まれてしまった。

内腿を這った手が膝を押し広げてから臀部に回り、指先が脚の付け根を擽る。そうする間にも搾るように胸を揉まれ、スティラは髪を乱した。

「ぁ、あっ――ッ」

敏感な先端を指先が強く擦り、刺激に震えた内腿に指先が滑り込む。

淫らな熱を持ち始めていた割れ目を下着越しに辿られると、スティラの腰はずくりと重くなった。

覚えさせられた快楽に、肉体が期待して濡れる。

己の意思を無視したはしたない反応に、スティラは耳まで赤くした。

「や、そこは――いやっ」

「スティラ、声」

指摘にはっと息を呑んだところで、隙間からねじ込まれた指が陰唇を割り開く。僅かな空間にとろりと蜜が零れるのがわかり、スティラは両手で顔を覆った。

「恥ずかしがることないのに。触れたことで濡れてくれるのは、男としては嬉しいものだよ？　前のセックス、ちゃんと気持ちよかったんだね」

「――黙りなさいッ」

顔を隠しながら言ったところでなんの威嚇にもならないが、黙ることもできなくて、スティラは呻いた。

「黙っていいの？　まあ、お姫様のご指示とあらば――」

それがどれほどの失言だったか、スティラはすぐに思い知ったが、それをなかったことにしてくれるフレイではない。

開かされた脚から下着が脱がされ、押し当てられた手のひらが陰唇を強く擦る。わざとらしく淫らな音を立てられ、淫液に濡れた指を一気に二本押し込まれた。

「ぅあ、ン、――ッ、ふっ」

高い声があがりそうになり、咄嗟に手に噛みつく。スティラが喘ぎを堪える姿を、愉悦混じりの眼差しが見つめていた。

フレイが無言になってしまうと、スティラの乱れた息が妙に響く。

それはスティラにとってとてつもなく恥ずかしいことだったが、フレイの指は容赦なくスティラの肉壺を犯した。

濡れて蜜を溢れさせるそこに三本目を押し込まれたとき、親指が快感に腫れていた粒を押し込むように揉む。

「ひぁ、ぁっ」

味わわされたことのない一際強い刺激に、スティラは声を抑えきれなかった。逃がしきれなかった快感に脚が暴れ、荷箱を踵が打つ。

ガタリと大きな音がしたことでスティラは快感と焦燥に混乱したが、フレイは指を止めなかった。

指で中をかき混ぜながら、容赦なく粒を擦っていく。再び上がりそうになった嬌声を、ステイラは指先を口内に押し込むようにして堪えた。

「ふぁ、――ひ、ンッ、ん！」

びくん、びくん、とわななく度に、よくわからない波が腰から喉元にせり上がってくる。

ステイラはもうやめてと目で訴えたが、フレイは薄く微笑んだだけだった。

そのことに絶望した瞬間、すべての感覚が白く弾ける。

「ぁっ、ぁあッ！」

ステイラは大きく身を震わせてから、瀕死の小鳥のように荷箱の上にぐたりと沈んだ。口から指先が外れ、荒い呼吸が押し出されるままに唾液も唇の端から零れる。それをフレイに舐め取られても、ステイラは呼吸に胸を喘がせることしかできなかった。

「すごいね、興奮で、胸元まで皮膚が真っ赤になってる」

うっとりと呟いたフレイの手が、ステイラの胸元を膨らみに沿うように撫でる。刺激されたわけでもないのに酷く感じて、乳首がひりりと痛んだ。

ひくんっと上体を揺らしたことで、フレイにもそのことを知らせてしまう。

「ああ、イッたばかりだから、敏感になってるんだね。可愛く上向いて、舐めて欲しそうだ」

言いながら、乳輪の縁に唇で吸いつく。

そうする間も下肢を犯す指は緩く動かされており、スティラは熾火《おきび》のような熱を逃がせずに頭を緩く打ち振るった。

「や、フレ、イ……フレイ」

初めての夜とは、あきらかに体の反応が違う。

男の味を「知っている」ということが、こんなにも理性を揺るがすものなのかと、スティラはフレイからもたらされる刺激に溺れかけながら思った。

「おねが、ぃ……指、抜い、て」

「そうだね」

力のない声だったにもかかわらず、フレイが頷く。予想外の対応に驚く間もなく、指がゆっくりと引かれた。

「んっ」

深く埋め込まれていた指がすべて抜かれ、胸の膨らみを摑んでいた手が離される。

かろうじて声を出すことは堪えたが、思わず向けてしまった顔が「どうして」と言ってしまっていた。

その戸惑いを見て、フレイがわざとらしくスティラの顔を覗き込んでくる。

「どうしたの、スティラ。君の言うとおり、やめてあげたよ」

「……え、ええ」

狼狽を押し隠すように起き上がり、脇でわだかまっていたシュミーズを掴んで胸元を隠す。だが、散々昂ぶらされた体は唐突な終わりを受け入れ切れず、刺激を欲するように蜜壺から淫液を滲ませていた。

「ぁっ」

思わず声を洩らし、解放されたことで自由になった太腿を擦り合わせる。

スティラは下肢を隠すように膝を曲げたが、荷箱に座らされた状態では、目の前に立つフレイに隠しようがなかった。

「物欲しそうな顔をしてる。本当はやめて欲しくなかった？」

「――っ」

その一言で、スティラは己の抵抗が口先だけのものだったことを思い知る。

やめて、抜いてと言いながら、淫らな行為が中断されることを心の奥底では考えていなかったのだ。

いつの間にか形ばかりの抵抗をしていた自分が猛烈に恥ずかしくなり、頬が熱くなる。

指摘は図星だったが、羞恥がそれを認めるのをよしとせず、スティラは動揺を必死に押し殺した。

「そんなこと――ないわ」

秘部を散々かき回していたフレイの指が、ゆっくりとスティラの膝から膕を撫でる。それだけでぞくっと腰が震えて、スティラは奥歯を噛み締めた。

「そうだよね。君、すごく淫らだったもの。挿入までしたら、声を抑えられなかったんじゃないかな？　それは困るだろうと思って、やめてあげたんだ」

足の甲を滑り下りた指先が、親指を摘まむ。ひどくなまめかしい手つきで撫でられ、スティラは爪先を振った。

「人を淫乱みたいに言わないで」

「そんなふうには言ってないけど……どうする？　続き、して欲しい？　君が声を我慢できるなら、してあげてもいいよ？」

振り払われた手をわざとらしく撫でながら、フレイが再び身を寄せてくる。微かに逃げたスティラの体を片腕で抱き込むようにして、唇が耳元に寄せられた。

背に回されたフレイの指先が、スティラの尾てい骨をゆっくりと擦る。そうされると信じられないくらい中が疼《うず》いて、スティラはぎゅっと瞼を閉じた。

「ねえ、スティラ。僕が欲しい？」

フレイの唇が、悪戯に耳殻を食む。まごう事なき悪魔の囁きに、スティラの心は揺れた。

体は間違いなくフレイを欲している。教えられてしまった快楽を、再び与えて欲しくて疼いている。

だが、フレイを求めるということは、追い詰められた身としてはこの上ない屈辱であり、アロンへの裏切りだ。

「――いら、ないわ」

行為に溺れかけていたことを自覚させられていたからこそ、理性が勝る。

純潔は取り戻せないのだから一度も二度も同じだという甘い囁きを、スティラは気力で振り切った。

微かな興奮をやり過ごせずに息は乱れたが、確固たる意思を持って、フレイの肩を摑んで押しやる。

「いらない」

目を見据えてスティラが今一度はっきりと告げると、ゆっくりと青い瞳が笑みに細められた。

「強いね、スティラ。君のそういう顔、すごくぞくぞくする」

「――ッ!?」

ほんの僅かな隙だった。

フレイの熱っぽい言葉に気を取られたときにはもう、腰を抱いていたはずの腕が滑り下りてスティラの膝裏を摑み、強い力で引き上げられる。

ひっくり返るように荷箱の上に倒れ込んだスティラに、再びフレイがのし掛かっていた。無意識に突き出した腕すら、容易く摑まれて頭上に押しつけられる。

「いたっ――ッ、なに、す――ぁっ」

強引に開かされた脚の間に男の体がねじ込まれ、忙しない布擦れの音が、抵抗の狭間に耳に届く。

鼻先にあるフレイの唇から、興奮に熱を持つ溜め息が吐き出された。

「ごめんね、スティラ。僕が君を犯したくなった」

言い終わる頃にはもう、腰が押し込まれていた。

「ぁ、ひッ、あぁ!」

葛藤するほどに欲しかった熱だが、諦めていた体には衝撃が強すぎて、スティラの体は強張った。

「キツいよ、スティラ。緩めて」

膝を抱えるフレイの腕が、深くスティラの体を折り曲げる。

何度か体を揺さぶられると、既にフレイの指によってぐずぐずにされていたそこは、締め付けながらも熱杭を根元まで呑み込んだ。

それが馴染むのを待たずに腰を大きく回され、再び奥へ押し込まれる。その頃にはもう、スティラの体は待ち望んだ刺激としてフレイを受け入れてしまっていた。

「やぅ、っ、ぁっ、ぬい、て――ッ」

「嘘。君の中、僕に吸いついてきてるよ」

奥を刺激するような動きから始まった律動はすぐに激しさを増し、肉がぶつかりあう音が室内に響く。

ぐちぐちと蜜が混ぜられていくにつれ、スティラの体から汗が噴き出た。

「ぁ、あっ、――ふぁッ」

一度は冷めかけた熱が、どんどんと昂ぶらされていく。

疼痛にも似た快楽に腰が重みを増していくと、いよいよ何も考えられなくなり、スティラは声を抑えるのを忘れて喘いだ。

「ぁあ、あっ、あ！　ひんっ、――ッ、ぁむンッ」

「声が、大きいよ、スティラ」

愉悦が滲む声で、フレイが囁く。

大きな手のひらに口を塞がれると苦しかったが、身悶えるスティラを見つめてくる青い瞳は興奮に潤みきっており、それに煽られるように感度が増していくようだった。

「――っ、ふふ。子宮が落ちてきた。僕のが奥に欲しいの？」

くちづけの隙間に、熱い吐息が零される。

指摘されると意識してしまい、スティラは息を詰めた。奥を穿たれるたびに、フレイの雄に子宮口が吸いつくのがわかってしまう。

あまりにはしたない肉体の反応に、普段のスティラならば羞恥を感じただろうが、フレイによって淫らに興奮させられた状態では無理だった。

「ぁ、ふぅ――っ、むぅっ」

突き上げられる度にくぐもった声で喘ぎ、逃がしきれない悦楽に下肢を痙攣《けいれん》させる。

拒んだはずなのに、フレイから与えられる快楽に、スティラの心も体も溺れきっていた。

「は、――スティラ、出す、よ」

「ッ、んぁ――待っ――」

一際強い突き上げに、内臓を押し上げられる。最も深い場所に熱い精を注がれ、スティラは臍の奥に響くような絶頂を味わわされていた。

「ぁ……ふぁっ、ぁぁあ！」

余韻に痙攣する肉壁を、緩い動きで擦られる。

苦しいほどの圧迫感は無くなっていたが、鋭敏になっている場所には淫らな刺激過ぎて、スティラの腰はぐずぐずに溶けた。

「ぁ、はぁっ――は……うごか、ない……で」

「どうして？」

「おかしく……なっちゃ……」

乱れた呼気に、いやらしい匂いが混じっている。

それはスティラの興奮を静めるのを妨げ、快楽の余韻に朦朧とする思考を現実から遠ざけていた。

フレイの唇が肌に落とされるたび、ひくり、ひくりと肩が揺れる。

ゆっくりと腰が引かれ、咥えるものをなくした肉壺から白濁した液体がとろりと零れた。

「零しちゃだめだよ、スティラ」

せっかく注いであげたのに、と未だ雄の顔をしているフレイが囁く。

間を置かずに指先が後孔を掻き、そこまで滴っていた淫液を掬って再び膣に押し込めた。

「ぁひ、――んっ、ぅンっ」

腫れて熱を持つ肉壁に、ゆっくりと指が這わされる。

塗り込めるような動きは曖昧だからこそ、スティラを追い詰めた。

「や、あ」

緩慢な抵抗を見せる四肢はなまめかしいばかりだったが、本人に自覚がなければ止めようもない。

細い腕や腰を這う熱い視線に気づきもせず、スティラは汗に濡れた肌に乱れた髪を絡ませた。

「朦朧としてる君もいやらしくて素敵だけど、だからこそ、自覚もしてほしいよね」

「フレ、イ……？」

腕を摑まれて、ぐっと起き上がらされる。

落ちていた幕布の隙間から差し込んでいた陽光に顔を照らされて、スティラは僅かに正気づいた。

だが意識と体は別物で、フレイに引かれるまま荷箱から下ろされてしまう。

「――ぁっ」

ふらついた腰を、フレイの腕が抱える。スティラ自身も、目の前にあった窓枠に両手をついて、なんとか体を支えた。

「いきなり、なに……するの」

振り返ろうとした矢先に摑まれていた腰を引かれて、尻を突き出すような格好を強いられる。

驚いた拍子にこぷりとフレイの精液が蜜壺から零れ、内腿に滴った。

「あっ」

瞬間的な羞恥に全身が痺れ、四肢が強張る。

途端に理性が戻って来て、スティラは窓際から離れようとしたが、それよりも先にフレイが背後からのし掛かってきた。

尻の間に信じられない熱を押しつけられ、驚愕に目を見開く。

だが、同時に自分がどこにいるかを目の前に広がった景色で思い知らされ、スティラは咄嗟に上体を下げてしまった。

それこそがフレイの狙いだったのだと、殆ど自ら押し込ませてしまった熱杭の圧迫に喘ぎながら悟る。

「あ、あ……ぁっ」

ガクガクと脚は震えたが、腰を支えられているせいで倒れられない。殆ど窓枠に縋るようにしながら、スティラは必死に快感を逃そうと深呼吸した。

目の前が窓のおかげで上体が上げられず、混乱と羞恥の狭間をさまよう。

「ふれ、フレイ、酷いこと……しないで」

「なにが？」

笑い混じりの声が返され、浅く挿入されたままの腰が揺すられる。

スティラは奥歯を噛み締め、喘ぎを呻きに変えた。

裏口に面しているおかげで人通りはないが、裏門があるので絶対に人が来ないというわけではない。

門からも窓は遠かったが、裸の女が窓に縋って喘いでいれば、中で何をしているかなんて考えなくてもわかるだろう。

だからこそ窓から離れたいのに、フレイがそれを許さない。

上体を起こせば外に裸体を晒すことになってしまうし、後ろに下がれば自らフレイの雄を受け入れさせられてしまうのだ。

それでも他人に裸体を見られてしまう羞恥のほうが勝り、僅かに腰が後ろに下がってしまう。

「ひ、ぅ――っ」

ぐぷりとまた僅かに受け入れてしまい、スティラは膝を震わせた。

「っ、スティラ、欲しいならそんなに締め付けないで、こっちへおいで」

「んぁっ」

悪戯に腰を打ちつけられ、窓枠に爪を立てる。

全身をぶるぶると震わせて快感を堪えていると、背後から再びフレイが覆い被さってきた。

不意打ちでうなじを舐めあげられ、下に頽《くずお》れそうになる。だが窓枠から手が滑るよりも先に脇腹から胸にかけて腕が差し入れられ、体が支えられていた。

「ばかな……こと、しないで……退いて」

「見られたところで、この距離じゃ誰かわからないよ」

「いやよっ」

「――ふふ。ああ、嫌がる君は可愛いなあ」

粘着質な声と共に舌が背中を這い、大きな手のひらが小さな乳房を円を描くように優しく揉んでくる。

「ここ……少し大きくなった気がするね？　僕が揉んであげてるからかな」

「や、あ――放して」

親指と中指で先端の蕾をしこらせると、人差し指の爪が突き立てられた。

びくりと腰が跳ね上がり、中途半端に挿入されている熱杭に内壁を抉られる。上と下、両方からの刺激にスティラは頭を打ち振るった。

唇を噛んで喘ぐことを堪えたスティラを弄ぶように、より強く乳首が爪によって埋め込まれる。

ぐりっと強く掻かれると、堪らずスティラは身悶えた。

「あぁっ」

甲高い嬌声が室内に響き渡り、どっとスティラの心拍数が上がる。

痛みに近い快感に、スティラの瞳からぼろぼろと生理的な涙が零れた。

「……いや……いや……もう、っ」

「何が嫌なの？　この場所？　それとも僕のを呑み込んで感じちゃってること？」

甘やかな声とともに、下腹部を圧迫される。そのまま指先は茂みに潜り、濡れそぼって腫れた肉芽を押し擦った。

「ン――はぅっ」

嫌だと思っているのに、肉芽を引っ掻かれる度に結合部から淫液が床に滴り落ちる。

緩く揺さぶられると奥が疼いて、気が狂いそうだった。

覚えさせられてしまった淫らな快楽を、体が欲することを止められない。

けれど心まで屈するわけにはいかなくて、スティラはぎゅっと拳を握り込んだ。

「貴方は……私をどうし、たい……の……こん、こんな……っ」

喋ると膣内を圧迫するものを喰い締めてしまい、びくびくと内腿が痙攣する。

息苦しさから開きっぱなしになっていた唇に、喉元から這い上がってきた長い指先が押し込まれた。

「むぅ、っ」

舌を摘ままれ、弄ばれる。ぬるぬると擦られると唾液が溢れ、顎を伝って胸元を濡らした。その刺激に身震いした瞬間、ずん、といきなり腰を打ち込まれる。

予想していなかった衝撃にスティラは喘いだが、それはフレイによってくぐもった熱息に変えられていた。

指に舌を押さえ込まれながら、ガツガツと穿たれる。

先に放たれていたものがあるからか、膣を押し擦られても気持ちがいいばかりで、スティラの視界は突き上げられる度に白く弾けていた。

過ぎた快楽から逃れようとうねる腰を、力ずくで押さえ込まれて犯される。

もはやここがどこなのか、スティラには考える余地が無くなっていた。

ただ与えられる快楽に体を痙攣させ、フレイの指を噛み締めながら喘ぐ。

「はっ、はひっ――ひんっ」

「どうしたいのかって？　抵抗する君をぐずぐずにして、めちゃくちゃにしたいんだよ」

こうやって。

子宮口に先端を押しつけたまま、ぐりぐりと腰を回される。

フレイの荒い息がスティラのうなじを痺れさせ、湧き上がった恍惚《こうこつ》に下肢が震えた。

「ぁ、あ――ぅ、あ――っ」

「ああ、そんな声も出せるんだね。可愛いよ、スティラ」

もはや喘ぐ力すらないスティラの弱く掠れた声に、フレイがうっとりと瞳を緩ませる。

愉しげなフレイの眼差しには劣情が強く滲んでおり、スティラの心は抗いようもなく肉欲に引き摺られた。

体が貪欲にフレイを欲し、膨張した熱杭を膣が締め上げる。

屈してはいけないと理性は悲鳴をあげていたが、それを嘲笑うかのように与えられる快楽にスティラは逆らえなくなりつつあった。

フレイという欲が、爪先からじわじわとスティラを呑み込んでいく。

貪欲な牙が肉体だけでなく心にまで喰い込んでくる様を想像してしまい、スティラは恐怖と恍惚の狭間で身を震わせた。

第六章　狐と狼と婚約指輪

陽射しが日に日に強さを増し、空気の温度が上がっていく。

いつの間にか若葉に紛れて果実が実り始め、本格的な夏が近づいていることをスティラに教えてくれていた。

気持ちがいいほどの快晴だったが、だからこそ敷地の外に出る気にはなれなくて、庭園を散歩する。

領地にある城館に比べたら規模は小さいが、気を紛らわせるには十分な広さだ。

蔦薔薇のアーチを抜け、スティラは円状に設けられた空間の中心にある噴水の縁に腰掛けた。

一角獣が乙女の膝枕で眠る姿を彫りだした白亜の石像は、スティラのお気に入りだったが、清らかな乙女と聖獣の組み合わせが、今は胸を疼かせる。

「お前は、わたしの膝では眠ってくれないわね」

皮肉交じりの自嘲などらしくないとわかっていても、吐き出さずにはいられない。

少し意地の悪い気持ちが湧いて、スティラは指先で掬った水を一角獣に振りかけた。

「なんとも絵になる光景だね。私はいいタイミングで来たようだ」

不意に掛けられた声に、立ち上がる。スティラが慌てて視線を向けると、蔦薔薇を背景にアロンが立っていた。

「アロン様!?」

「突然すまない。手紙の返事が届かないので、心配でつい足が向いてしまった。短気な男だと幻滅しないでもらえたら有り難いんだが」

「そんな……とんでもありません。こちらこそ、不精《ぶしょう》をお許しください」

恥じ入るように微笑んだアロンに駆け寄り、スティラは申し訳なさに眉尻を下げた。身を案じる手紙を受け取ってから、スティラは返事を書けないでいたのだ。

両親どころかシャンネにまでせっつかれていたが、ペンを握ると後ろめたさと罪悪感で胸がいっぱいになり、綴《つづ》るべき言葉を思いつけなかった。

陽を弾いて金色にも見える瞳が、スティラを見つめてくる。何かを確かめるような時間は、アロンがほっと息を零したことで終わった。

「よかった。どうやら、私を嫌っているわけではないようだね？」

「っ、当たり前です。わたしは……」

正直に答えるわけにはいかず口ごもったスティラの髪を、アロンが優しく梳く。向けられた眼差しは柔らかく、スティラの胸を苦く締め付けた。

「今日は陽射しが強い。話は四阿に移動してからにしよう」

「はい」

アロンにエスコートされ、ブルーベルとラベンダーに囲まれた四阿に入る。アロンがチーフを長椅子に敷いてくれたので、スティラはそこに腰掛けた。

僅かな隙間をあけて、アロンが隣に座る。

親密な距離感に鼓動が跳ねたが、爽やかな青紫色の花と優しい香りに助けられ、スティラはようやくアロンに微笑むことができた。

「せっかくお手紙を頂いたのに、すぐにお返事できずに申しわけありませんでした。とても、嬉しかったんです。本当はすぐにお返事を書こうと思ったのですが、うまく言葉を選べなくて……。悩んでいるうちに、不安になってしまったんです」

「不安？」

「その……公爵様の婚約者として、わたしは本当に相応しいのかしら、って」

手紙を返せなかった罪悪感を必死に押し殺しながら、アロンを傷つけることなく納得させる言い訳を考えて口にする。

嘘を重ねる罪深さにスティラは心が押し潰されそうだったが、アロンに恥をかかせることなく結婚するために、ここでくじけるわけにはいかなかった。

「わたしからすれば、アロン様は雲の上の御方なのです。それなのに、どうしてわたしなどを妻にと望んでくださったのか。からかわれているのではという思いが、どうしても拭いきれなくて――」

「からかってなどいない」

急いた声音で、アロンが言葉を重ねてくる。膝上に置いていた両手を、思いがけないほど強い力で握り込まれ、スティラは驚いて顔を上げた。

「アロン様……？」

「神に誓って、この気持ちは嘘でも遊びでもない。君を初めて見たときから、私は君を妻にすると決めたのだ。この気持ちが偽りではないと、どうすれば君に伝わるだろうか？」

「えっ、あの」

「婚約では不安だというのなら、今すぐ結婚しよう。私はそれでも構わない」

余裕を無くした様子でぐいぐいと身を寄せられ、スティラは面食らった。

密着してくる体を、身を反らせて逃れるのにも限界がある。

かといって両手はがっちりと握り込まれてしまっているので押し返すこともできず、スティラはとうとう長椅子に押し倒される形で転がってしまった。

「あ、アロン様」

「それとも、こうしたほうが、君は安心できるだろうか」

熱っぽい瞳が間近に迫り、スティラの鼓動は速まっていく。

婚約者なのだからくちづけを求められて嬉しいはずなのに、アロンの勢いは唐突すぎて、スティラは恐怖を感じてしまった。

「アロン様、お待ちになって――待っ」

吐息が触れる距離に唇が迫り、スティラは覚悟しようとしたが、体が脅えて逃げてしまう。そうして脇に逸らした視線の先にとんでもないものを見つけて、スティラは「きゃあ」と小さく悲鳴を上げた。

「ッ、スティラ？」

悲鳴に驚いたアロンが閉じていた瞼を開き、スティラを見下ろしてくる。だがすぐにスティラが悲鳴を上げた原因に気づき、体を起こした。

「き、君は――」

「フレイ・ペルディンです。こんにちは、公爵様。邪魔をするつもりはなかったんですが、結果としてそうなってしまいましたね」

「い、いや。これは、その」

涼しい顔で、フレイが微笑む。それに引き攣った笑みを返しながら、アロンはスティラの腕を引いて助け起こした。

さすがに気まずくて、スティラは椅子から立ち上がって二人に背を向ける。

恥ずかしさと安堵が綯《な》い交ぜになった感情が落ち着いてくると、ふつふつとスティラの内側で疑念が湧いてきた。

くるりと向き直り、フレイに視線を定める。

「フレイ、また勝手に敷地内に入ってきたわね」

「どうしてそう言い切るのかな？　僕が来たら、屋敷に入れる前に報告しろとでも言っているの？」

「客人が来たら、通す前に報告を受けるのは普通でしょ」

アロンのように身分が高ければ使用人が押し切られてしまうこともあるが、相手はフレイだ。先に知らせが来なかったということは、あの日の夜のように、どこかしらから忍び

込んだに違いなかった。

　それなのに、指摘を逆手に取り、スティラがフレイを特別扱いしていると誤解されかねない言い回しをする。

　アロンを気に掛ける視線を、どこか楽しそうに眺めるフレイが気に食わなくて、スティラは奥歯を噛み締めた。正直、あのタイミングで割り込んでくれたことには感謝したいくらいだが、それとこれとは話が別だ。

「普通、ねえ？」

　含みを持たせた言い回しに、なんとも優雅な流し目が加えられる。透き通るような青い瞳がスティラを撫でたが、不意にアロンが立ち上がった。

　背後から添えられた手が、スティラを一歩下がらせる。

「アロン様？」

「すまないが、私は嫉妬深い質《たち》でね。婚約者との時間を邪魔されるのは面白くない。君のように、見目麗しい若者となれば特にね」

　穏やかではあったが、嫉妬深いという言葉を裏切らない敵意のある声音だった。

　思いがけないアロンの態度にスティラが驚いて振り返ると、照れくさそうな困り顔をされる。なんとなく気恥ずかしくなり、スティラは慌ててうつむいた。

「バートレド公爵様に魅力的な男だと褒めていただけるとは――。光栄です。でも、他の男を牽制《けんせい》したいのであれば、もっと確実な方法があると思いますよ？」

　男に向けるには惜しいほど優雅な微笑を湛えたフレイの眼差しが、スティラの左手を注視する。思わず持ち上げたスティラの指には、あってもいいものが確かに無かった。

「目に見える形で、婚約者が彼女にいることを主張してはどうです？　それとも、惚れたとはいえ田舎貴族の娘では、婚約指輪など与える価値はないと？」

　スティラですら鼻白んでしまいそうなほどの嫌味に、肩を摑んでいたアロンの指先が緩む。フレイを批難してもよかったが、内心ではスティラも気になっていたことだったので、アロンに視線を向けた。

　本来ならば、了承したその場、もしくは翌日誘われた昼食の席で渡されていいものだ。バートレド公爵家ともなれば体裁を重んじると思っていたので、スティラは左手の薬指が縛られていないことに違和感を感じていた。

　もちろん、アロンを裏切っているという罪悪感を抱いている状況では、純粋な不安を抱える余裕などほとんどなかったので、真剣に気に掛けていられたわけではない。

　だが、なんの問題も抱えていなかったら、少し前に口にした「からかわれているのでは」という疑惑に本気で悩まされていただろうとわかる程度には、女にとっては重要な要素だ。

ステイラの視線を受けて、アロンが一歩離れる。向き合うように体を動かすと、ためらいがちな指先に左手を取られた。

「彼の言葉はもっともだな。もし、不安にさせてしまっていたならすまない。君に相応しいものをと思うあまり、こだわってしまって――」

理由を教えられたことでステイラは安堵したが、それを言葉にする前にフレイに割って入られてしまう。

「それは、それは――。知らぬ事とはいえ、無礼なことを言いました。お許しください」

「いや、フレイ君が指摘してくれなければ、私はそのことをステイラが不安に思っていることに気づけなかった。理由を告げる機会をくれた礼を言う」

優しい指先に頬を撫でられたことで、表情から不安を見抜かれてしまったのだと知る。

ステイラは顔に出してしまったことを恥じたが、結果としては良かったと肩の力を抜いた。

「公爵様がこだわり抜いて用意される婚約指輪となると、見たこともないほど素晴らしいものなのでしょうね。僕も見るのが楽しみだ」

興味深そうにフレイが告げると、アロンの手がステイラから離れる。どこかぎこちない動作で自分の顎を撫でたアロンに、スティラは微笑みかけた。

「アロン様、フレイの言うことはお気になさらず。アロン様がわたしに相応しいと思って用意してくださったものならば、わたしは嬉しいのですから」

「ありがとう。わかっているよ、愛しい人」

甘く下がった目尻を持つアロンの柔らかな瞳を、穏やかな気持ちで見つめ返す。ほんの少しだけ見つめ合うと、アロンは今一度スティラの左手を取り、薬指の付け根にそっと唇を押しつけた。

「さて……今日は少し熱くなりすぎてしまったようだ。君を怯えさせてしまっていたらすまない。近いうちに、また出直させておくれ」

熱くなりすぎたという言葉に、先ほど自分がされそうになったことを思い出す。確かに怖かったが、それを顔に出すことはせずに、スティラは頷いた。

「――はい。お待ちしております」

スティラが頷くと、アロンの唇が額にも落とされる。

「門までお送りします」

「いや、ここでいいよ。君を馬車へ乗せたくなってしまうから」

アロンの言葉に、微笑みを返す。僅かな間を経て、スティラは再び頷いた。

「……わかりました。お気を付けて」

アロンは名残惜しげにスティラの髪を指で梳いてから、フレイにも一瞥を残して四阿を後にした。

後ろ姿が見えなくなるまで見つめてから、大きく息を吐き出す。肩に零れていた髪を後ろに払いながら、スティラは長椅子に腰掛けた。

酷く喉が渇いた気がして、スティラは使用人を呼ぶためのベルに手を伸ばしたが、摑む前にフレイに阻まれる。

見上げて睨んだが、フレイは笑みを崩さずに隣に腰掛けてきた。

アロンでさえ少し間をあけたというのに、太腿が密着するほどの距離に近づかれて、警戒に似た緊張がスティラの体に奔る。

思わずベルに伸ばしていた手を引っ込めると、薄く笑われた。

「僕にお礼は？」

「なんのこと」

顔を逸らしたまま、素っ気なく告げる。横顔を見つめてくる視線の強さに負けそうになったが、スティラは耐えた。

「僕に割り込まれて、ほっとしてたくせに」

「なんのことだか、わからないわ」

「怖かったくせに」

膝上で重ねようとした左手が不意に奪われ、スティラは驚いてフレイを見てしまった。青い瞳と視線がぶつかり、深い色合いに気を取られる。

その直後、スティラは悲鳴を上げていた。

「きゃあ！」

指の付け根に奔った激痛に、視界が一瞬赤く染まる。びくりと体が痙攣し、スティラは力尽くで左手を取り戻した。

一瞬の出来事だったために、何が起こったのかわからない。

スティラが震える左手を右手で摑んで眼前に持ち上げると、薬指の付け根にくっきりと歯形がついていた。

嚙みつかれたのだと理解し、ざわりと肌が粟立つ。

信じられない気持ちのまま、スティラが怯えと痛みに潤んだ瞳を向けると、フレイは歯列をゆっくりと唇の奥に隠した。

「な、何を考えてるの……？」

思わず問いかけた声が、掠れる。スティラの問いには答えず、フレイはともすれば少女のように可憐に微笑んだ。

◇　◇　◇

午後、昼食を終えて再び庭園の四阿に戻ってきたスティラに、シャンネが一冊の本を渡してきた。

テーブルの上に置かれていたらしい本は、スティラが貴族図書館で手にしていた恋愛小説だったので、フレイが置いていったのだとわかる。

今日現れた目的はこれかと今更のように納得したが、それが貸し出されたものではなく購入されたものだと気づき、スティラはなんとなく腹立たしい気持ちになった。

シャンネがとても好きな作家だと力説しだしたので、あげてしまおうかとも思ったが、後が怖い気がして思い留まる。

「もしかして、公爵様からですか？」

「え？」

「そのお話、とても素敵ですよ。騎士と姫君の、ラブロマンスなんです」

「身分違いの恋ね。じゃあ悲恋なの？」

読もうと思って一度は手にした本だが、読後に心が沈むような話は今は読みたくはない。

ステイラが今一度、手放す誘惑に駆られたところで、その杞憂をシャンネが打ち払ってくれた。

「いいえ。悲しいことはありますが、この手の話では珍しく二人は結ばれます。他の子は悲恋だと思ったのに裏切られたって怒ってましたけど、私は好きです。やっぱり、愛し合う二人は結ばれるのが一番ですから」

それこそ恋する乙女のように、テーブルクロスの皺を伸ばしながらシャンネが目を輝かせる。

ステイラがくすりと笑うと、シャンネは恥じ入るように頬を染めた。

「申しわけありません。私ったら、いつも自分の話に夢中になってしまって」

「いいのよ。わたしはシャンネのそこが気に入ってるもの。そんなに好きなら、読み終わった後で貸してあげるわね」

「そんな、とんでもございません！　公爵様からの頂き物を――」

「え？　ああ、違うわ。これは、」

フレイが持ってきたのだと言いかけて、その不自然さにスティラは慌てて口を閉じた。

実際はスティラに対する嫌がらせだろうが、本を渡された事実だけを抜き出すと意味深すぎる。

婚約が決まった女に幼なじみの男が恋愛小説を贈るなんて、第三者からしたら邪推のし甲斐がありすぎだ。

「お嬢様？」

「あ、いえ――この本は」

「お嬢様、リーシラ様がおみえになりました」

誤魔化す言葉を探しあぐねたところで、タイミングよく使用人が現れ、案内されてきたリーシラが背後から顔を出す。

するとはっとしたようにシャンネが居住まいを正し、脇に用意していたワゴンで紅茶を淹《い》れる準備を始めた。

「ごきげんよう、スティラ。お招きありがとう」

大人びた柔らかい声は、いつ聞いてもスティラを安心させてくれる。

若草色のサテンドレスは、リーシラの蜂蜜色の髪とよく合っていて、優しい彼女にぴったりだった。

「いらっしゃい、リーシラ。歓迎するわ」

「友人代表として、洗いざらい吐かせに来たわよ」

いたずらっ子のような笑みを扇子の端から少しだけ覗かせ、リーシラが笑う。

覚悟していたこととはいえ、こうもはっきりと宣言されると、スティラは苦笑せざるを得なかった。

「ご期待に添えるよう頑張るわ。すぐに報告できなくてごめんなさい。本当はとてもリーシラと話がしたかったの」

思いがけないほど言葉に安堵が滲み、スティラは自分がどれほど彼女に会いたかったかを実感した。

リーシラもスティラの心を違わず汲んでくれ、シャンネが紅茶の用意を終えるまで、他愛ない雑談をしてくれる。

「では、何かございましたらお呼びください」

丁寧な一礼を残して、シャンネが四阿から離れる。蔦薔薇のアーチに後ろ姿が消えるのを見送ってから、リーシラはスティラに向き直った。

「具合はもういいの？」

「え、ええ。静養していたと言っても、病気を患ったわけではないのよ。色々あって、少し疲れてしまっていただけなの」

「まあ、気持ちはわからなくもないわ。私だって、バートレド公爵様に突然求婚されたら、熱を出して寝込む自信があるもの」

いつものスティラなら、こういう冷やかしに対しては怒ったふりをするのだが、リーシラが目の前にいてくれることが嬉しくて、ただ微笑んでしまう。

心身ともに疲弊しているときだからこそ、心を許せる友人の存在を噛み締めずにはいられなかった。

友人の少ないスティラにとって、リーシラはオアシスだ。

「いやだ、なんて目で私を見つめるの？　私は貴方の恋人じゃないわよ」

「ふふ。ごめんなさい。でも今、貴方の存在に感謝しているところだから許して」

真正面から見つめたが、ぎこちなく視線を逸らされてしまう。ティーカップを口に運ぶ動きに戸惑いと照れが見えて、スティラはまた微笑んだ。

「もう。……狡《ずる》いわ。私が訊きたいことを話させに来たのに」

「ごめんなさい」

「そうやっていつも殊勝な態度でいれば、よろめかない男なんていないのに。気の強そうな美人が儚げな顔をしているときの威力は凄まじいわよ」

「え？」

「女だけど、よろめかされてあげるって言ったのよ。今日は貴方が話したいことを聞いてあげる。好きなだけどうぞ？」

そう言いながら、リーシラはシャンネ自慢のラズベリーパイに手を伸ばす。

話しにくくならないよう、スティラのためにあえて身構えるような態度をとらないでいてくれているのだ。

こういう気遣いができるリーシラを、スティラはとても尊敬していた。

「アロン様に婚約を申し込まれたのは本当なの。折を見て、アロン様のお屋敷で婚約発表を目的とした舞踏会を開いてくださるわ」

「ということは、お受けしたのね？」

「もちろんんよ。バートレド公爵家に嫁げるなんて、こんなに栄誉なことはないもの」

「確かに。家柄は文句の付けようがないし、公爵様もハンサムだものね」

「そうよね？　わたし、間違ってないわよね？」

「どういう意味？」

賛同を得たことで思わず前のめりになったスティラに、リーシラが目を瞬かせる。

「その……恋慕ではなく、家柄で嫁ぎ先を選ぶのかって、言われて」

「まぁ。だぁれ、そんな馬鹿なことを言ったのは。スティラは恋慕で選んでるじゃない。ねえ？」

「え？」

「言い方は悪いけれど、ガネット伯爵家にバートレド公爵家が求めるものなんて何もないもの。地位も領地も財産も比べものにならないでしょう？」

「そうね。オリジナルブレンドの紅茶が好評だとは聞いているけれど……」

どれほど儲かっているかなんて、娘に話すことではないので、当然スティラは詳しいことは知らない。

だがそれでも、その名が示すとおり、バートレド地方一帯を領地にしている公爵家との財力の差は比べるまでもないだろう。

「ということは、公爵様は純粋に貴方が欲しいということでしょう？　愛されて嫁ぐのだから、恋慕による選択じゃない」

「でも、わたしはアロン様を……その、そういう気持ちではまだ」

「そういえば、スティラとは色恋話をしたことないわね。貴方、他に思う殿方でもいるの？」

「いないわ。というかわたし、誰かを恋しいなんて思ったことがないの」

「まぁ、まぁ！　そうなの!?」

「な、何よ。そんなにおかしいこと？」

「おかしくはないけれど……。ああ、でもそうね。幼なじみがあれだけ美形だと、容姿でときめいたりはしなくなるわよね。そうなってくると中身が大事なのに、肝心の貴方が殿方を寄せ付けないから、恋に落ちようがなかった……というわけか」

ひとりでぶつぶつと自問自答してから、勝手に納得してリーシラが一つ頷く。向けられた視線に同情と憐れみが滲んでいる気がして、スティラは唇を尖らせた。

「寄せ付けていないわけじゃないわ。寄ってこないのよ」

「ものは言いようね。でもまあいいわ。女は愛されてこそだもの。スティラなら立派に公爵夫人として公爵様を支えられるでしょうし、愛されていれば自然と貴方の中にだって愛は芽生えるわ。子どもが出来れば尚更ね。だから、不安に思うことはないわよ」

まるで母親のような慈愛に満ちた微笑みを向けられて、妙な照れくささにこそばゆくなる。心の奥が温かくなるような安堵を感じて、スティラはほっと息を吐いた。

「ありがとう。同じように考えられてはいたのだけれど、誰かに言ってもらえると安心感が違うわね。とても心が軽くなったわ」

「どういたしまして。それで、誰が言ったの？」

「……え？」

「家柄で夫を選ぶのか——なんて、まるでスティラが横取りされたみたいな物言いじゃない。求婚する勇気もないくせに、嫉妬だけはご立派な道化はだぁれ？　悪戯に私の親友を悩ませた罪は重くてよ」

どこか小馬鹿にするような言動が、スティラを大切に思ってくれているからこそのものだとわかるだけに、見当違いな推測が羞恥を運んでくる。

スティラは頬が熱くなるのを感じながら、慌てて首を振った。

「違うわ。嫉妬ではなくて、嫌がらせなの」

「嫌がらせ……って。いやだ、もしかしてフレイ？」

「ええ」

「フレイがそんなことを言ったの？　貴方に？」

目をこれでもかと見開いて、リーシラが何度も確認してくる。

その度にいたたまれない気持ちでスティラが頷きを返すと、リーシラは細い指先を唇に当てて押し黙った。

「……リーシラ？」

「難しいわね。貴方から聞かされているフレイと、私が知るフレイがそもそも違う印象を持っているから……。驚いたわ。フレイって、そんなふうに誰かの心を揺さぶるような物言いもするのね」

「そういえば、具体的な会話の内容を教えたことはなかったわね」

「訊いても貴方が言わなかったんじゃない」

「それは……」

ステイラがフレイの態度の違いを嘆くのは、怒りというよりは寂しさからだ。自分一人だけが、彼から爪弾きにされていることが悲しかった。

その気持ちを誰かに知ってもらいたかったが、内容を吐露することでフレイが嫌われることは本望ではない。

フレイに嫌われている原因が、ステイラは自分にあると思っているからだ。その事実を棚に上げて、自分を憐れんで貰おうとまでは思っていなかった。

フレイの態度がステイラが相手だと違うことをリーシラにだけ話したのは、彼女がとても人の機微を察することに長けていたからだ。

実際、リーシラはステイラの嘆きを言いたいだけなのだと聞き流してくれたし、その会話によって同情するようにフレイを批難したことは一度もない。

「その、うまく言えないわ」

言葉を選べずにスティラが語尾を濁すと、リーシラは諦めたように嘆息した。

「ずっと思ってたけど、貴方とフレイの関係って、変よね。貴方は自分だけが除《の》け者にされているって嘆くけど、私からすれば、王子様じゃないフレイを見られる貴方だけが特別なようにも思えるわ」

「……特別？　私が？」

考えたこともなかった意見に、スティラはティーカップを持ち上げかけていた手を止めた。

だがその瞬間、リーシラが瞠目する。

「やだ、どうしたのこの傷！」

「きゃあ、ちょ、ちょっと」

左手首をいきなり摑まれて、ティーカップの中身が大きく揺れる。零れそうになったそれをリーシラが奪い取り、ソーサーにおざなりに置いた。

その間にスティラは左手を取り戻そうとしたが、両手で阻まれる。

「なぜ隠すの。見せて。婚約指輪を出し惜しみして左手を隠しているのだと思っていたのに、これはなに？　すごく痛そうだわ……。瘡蓋《かさぶた》が出来てるし、傷の周りが痣になってるじゃない」

「その……嚙まれて」

「か、え、え？　これ、歯形なの!?」

言葉を失ったように息を呑んで、リーシラが左手の薬指を凝視する。リーシラがこんなにも動揺する姿を、スティラは初めて見た。

「なんでこんなところを……。指輪が填められないじゃない。だから婚約指輪をしていないの？」

「いえ、それは——まだいただいていないの」

今度こそ絶句して、リーシラの両手から力が抜ける。その隙を逃さずに左手を取り戻して、スティラは苦笑した。

アロンの非常識に今にも憤り始めそうな気配を察して、慌てて事情を説明する。

スティラの説明に一応の納得を見せたリーシラだったが、スコーンを割る横顔は不服そうだった。

「あんまりだわ。こだわるあまり、なんて言い訳よ。婚約を申し込んでおいて……。それも、バートレド公爵ともあろう御方が！　容姿が好みだったけれど、スティラに恥をかかせている時点で減点ね！」

「リーシラ、私は恥だと思ってないわ」

むしろ、スティラこそがアロンとの婚約に泥を塗ってしまっている。それを隠そうと、必死になっている。

「リーシラ、あのね……」

何度となく相談すべきか悩んだ問題を口にしようと、スティラは意を決したが、唐突にリーシラが「あっ」と小さく声を上げたことで遮られる。

どうしたのかと見つめると、リーシラの顔が見る間に赤くなっていった。

「リーシラ、どうしたの？」

「あ、ああ。なるほど……そういうことね？　だからスティラってば、公爵様の不誠実を怒っていないのね？」

「……え？」

「とぼけないでよ。その歯形、指輪の代わりってことでしょう？」

恥じらうように頬を指先で押さえながら、リーシラが告げる。なにを想像したのか狼狽するリーシラを横目に、スティラは自分の左手を見下ろした。

「代わり……？　ゆび、わ……？」

「爽やかな見かけによらず、情熱的なのね」

「……指輪」

滲むように赤く腫れた傷跡は、そう言われると確かに指輪のように見えて、動揺する。

（だって、これは――）

去り際のフレイの微笑が脳裏にちらついて、スティラは慌てて頭を振った。

◇　◇　◇

寝返りを打ちながら掛け布を引き寄せようとして、スティラは微かに眉根を寄せた。

微睡《まどろ》んでいた意識が小さな痛みによって覚醒させられてしまい、大きく息を吐き出す。

痛みの原因にはあえて目をやらず、軽く閉じた瞼の上に左腕を押し当てて、そのまま額に移動させた。

カーテンの隙間から零れる月明かりから、まだ寝付いてからさほど時間が経っていないことを知り、また嘆息する。

カーテンに施されたクルヴァン刺繍の中から、駒鳥《こまどり》を抽象化した図柄を無意識に捜し出し、七羽を数えたところで天蓋に視線を動かした。

天蓋を見上げたまま、視線にかざすように額に置いていた左手を持ち上げる。微かに指を曲げると、薬指が引き攣るような痛みを訴えてきた。

「……指輪？　これが？」

リーシラに指摘されてから、痛みを感じる度に傷跡が指輪の代わりである可能性を考えさせられる。

それはスティラを、とても落ち着かない気分にさせていた。

（指輪が無いことをからかわれたの？　それとも……私は指輪を填められたの？　――フレイに？）

まさかという気持ちと、もしかしてという気持ちが、スティラの胸中で鬩《せめ》ぎ合う。

フレイの態度を思えば否定要素のほうが多いにもかかわらず、スティラはどうしても仄かな期待を捨てきれなかった。

（肉体関係を迫られたのは、単純な支配行動だけが理由じゃないの？　嫌味を言われたり意地悪をされていたのは、嫌われていたからじゃ……ない？）

期待をすることで、意図の見えないフレイの態度に、スティラにも理解できる理由がある可能性に縋りたかった。

それがスティラへの恋心かもしれないと思うと、妙に落ち着かない気持ちになるが、ただ傷つけられていると思うよりはずっといい。

男女の壁を唐突に乗り越えてきた理由が、アロンへの嫉妬だったというのなら、これほどわかりやすいことはない。

奪われてしまったものは取り戻せないが、憎しみは和らぐ。

そう思ったところで違和感を抱き、スティラは思考を止めた。

「……わたし、フレイを憎んでいるの？」

冷静に考えれば、純潔を力尽くで奪うという行為は、許されざる行いだ。

フレイを殺したいほど憎んでもいいはずなのに、スティラはそこまでの怒りをフレイに抱いていないことに今更気づかされる。

あの夜、スティラの中には確かに絶望があったが、フレイへの憎しみよりも、処女ではなくなってしまったことをアロンに隠さなければと真っ先に考えていた。

そうしなければ、公爵夫人になれなくなってしまう、と。

スティラにとっては人生を左右する分岐点なのだから重要なのは確かだが、あまりにも即物的な思考だ。

「……でも、仕方ないじゃない。誰にも、恋慕なんて抱いていないもの」

立派な貴婦人になりたいという夢を基準に、物事を選んで行くことしかできない。

スティラはゆっくりと身を起こし、左薬指の瘡蓋を、右手の指先でそっと撫でた。

「フレイの馬鹿……。貴方はいつも、わたしを混乱させる」

厳密に言えば、フレイを憎く思う気持ちはあるのだ。フレイのせいでフレイに逆らえないという現状を、ステイラはとても悔しく思っている。

だが、その憎しみは、渦巻くような激情とはほど遠い。

「ああ、そうか。わたし……」

フレイを憎みきれない理由に気がついて、スティラは顔をくしゃりと歪めた。瞬きを忘れていた瞳が、急激に滲んだ水分につんとした痛みを与えられる。

それを堪えるようにゆっくりと瞬きをして、スティラは再び頭を枕に埋めた。

もう何年も思い出さないようにしていた、戸惑いと悲しみが胸から溢れてくるのを止められずに、掛け布を頭まで引き上げる。

幼い頃、ステイラは歳の離れた実の兄たちよりも、フレイとのほうが兄妹のように仲が良かった。

父親同士が寄宿学校時代からの友人であることや、互いの領地が隣接していたこともあり、二人はしょっちゅう顔を合わせてどちらかの城館の庭園で遊んでいた。

社交期ともなれば町屋敷がそれこそ隣同士にあるので、毎日のように一緒にケヴィンを追いかけ回していたのだ。

スティラは天使みたいに綺麗で優しいフレイが大好きだったし、フレイもスティラを好いてくれていると信じて疑っていなかった。

それがスティラの勘違いだったのだと、数ヶ月の空白を経て思い知らされたときの悲しみは、そうそう癒えるものではない。

しかもこの歳に至るまで、フレイの態度は一貫しているのだ。

いつだって、顔を合わせればスティラのことを意地悪な言葉で傷つけ、屈服させようとする。

好きだったのにと思えば思うほど、フレイの態度はスティラには辛かった。

だから、スティラはいつからか、フレイの言動を心の表面でしか受け取らないようになったのだ。

傷つかないようにと言葉で武装し、いつだって毅然とした態度で振る舞った。

フレイに何を言われても、心の奥深いところを揺さぶられたりはしないように――。

「……フレイ。貴方には、憎む価値がないのよ。わたし、貴方がすることに、いちいち本気で傷ついたりしないと決めたもの」

確かめるように呟いた言葉が、思いのほか自分に言いきかせるように響いて、スティラは唇を噛んだ。

これ以上、フレイのことを考えても仕方が無いと目を閉じたが、スティラの枕元に睡魔が訪れる気配が無い。

仕方なく寝返りを打ち、再びカーテンを眺める。目が暗闇に慣れたからか、さきほどよりもハッキリと刺繍を見ることができた。

金糸で縁取られた牡鹿が、逞しくも爽やかなアロンを思わせる。

同時に、リーシラが「愛されていれば自然と愛は芽生える」と励ましてくれたことも思い出し、少しでもアロンのことを想う努力をしようとスティラは考えた。

だが、彼の優しい笑顔を思い出そうとしても、昼間に抱かされた恐怖が邪魔をする。

紳士的だと思っていた男が情熱的な一面を見せたと考えるには、あまりに強引だった気がして、スティラは枕の端についている飾り房を握った。

くちづけを迫られるのならわからなくもないが、スティラを押し倒してきた手のひらの熱さや眼差しが、それ以上の欲望を滲ませていたように思えてならない。

あのとき感じた危機感が、今になってスティラの体を震わせた。

あのとき、フレイが現れてくれなかったら何をされていたのだろうかと考えると、アロンに対して不安にならずにはいられない。

急いたように向けられた欲情は、フレイから与えられるものとは違う印象を、スティラに与えていた。

だが、その違いがスティラにはわからない。

いつの間にかまたフレイのことを考え始めてしまっている自分に気づかず、スティラは浅い眠りに落ちるまで、アロンとフレイを無意識に比べていた。

第七章　惑う心

フレイを警戒しつつだったが、スティラは図書館通いを続けた。

異性から遠巻きにされていた理由として、気が強いというのと同じくらい、即物的すぎる性格が災いしていたのではと、スティラなりに考えたのだ。

要するに、可愛げがない。以前フレイに指摘されたことだけに不愉快な気持ちにもなったが、認めざるを得ないだろう。

それに、アロンに愛し続けてもらうために、愛嬌《あいきょう》はとても必要な要素のような気がして、スティラは焦っていた。

一目惚れは、一目惚れでしかないのだ。

婚約者として逢瀬《おうせ》を重ねる間に、こんな女だとは思わなかったと破談にされては、スティラの立つ瀬がなくなってしまう。

自分が純潔ではないことは、あえて考えないようにしていた。そうするとどうしてもフレイのことを考えなければならないからだ。

薬指を噛まれた日から、フレイの本心を知りたい気持ちが日増しに強くなってきてしまっている。

だからこそ、スティラは意識してアロンのことを考えていた。

それが役に立つかはわからないが、愛される女を想像することはできるだろうと、恋愛小説を一冊、二冊と読む。

スティラはそうして、ヒロインの心情を、物語と一緒に丁寧に辿っていった。

彼女たちは、総じて自分の恋心に素直で一途だ。損得ではなく、常に自分の心を信じて行動する。

作者の傾向なのか、大抵が身分違いモノだったので、ヒロインの行動はスティラから見れば不幸になるために必死になっているようにしか思えなかったが、彼女たちはそれで幸せなのだ。

愛する男に愛されて、その気持ちに応えて――たとえその先に未来がなくても、最後には必ず幸せだと言って笑う。

「……この一生懸命さが、可愛く見えるのかしら」

アロンと結婚したくて一生懸命なのは、スティラとて同じだ。だが、それが恋慕ではないだけで、一気に殺伐《さつばつ》とした印象になる。

「わたしの、心」

リーシラから教わった作者の著書を読み終えてしまったことで、次の一冊を選び倦《あぐ》ねながら、スティラは嘆息した。

小説の中のヒロインは、当たり前だが最初から性格が可愛いらしいのだ。純粋で、健気で、放っておけないと男に思わせるような儚さがある。

それは育った環境によって形成された——もしくは物語上で創作された性格であり、スティラがなろうと思ってなれるものではない。

そういうふうに振る舞うことはできるだろうが、それではスティラがスティラではなくなってしまう。

「……でも、アロン様に愛し続けてもらうには、必要ってことなのかしら」

一目惚れで求婚されたことを不意に煩わしく思ってしまい、スティラは自分の傲慢さに呆れた。

自立心旺盛なスティラの性格を知った上で愛されたのであれば、これほど嬉しいことはないが、そうあって欲しかったと思うには、スティラの性格は異性に好かれるのに問題がありすぎる。

「馬鹿みたいね。所詮、わたしはわたしだわ。ありのままを晒して、その上で愛される努力をするしかないのよ」

急に悟ったような気持ちになり、スティラは新たな本を選ばずに図書館を出た。

無い物ねだりに必死になってしまった数日を気恥ずかしく思いながら、屋敷へと戻る。

出迎えてくれた使用人に日傘とケープを預けると、奥からシャンネが現れ、スティラに来客があることを告げた。

「後ほど、紅茶のご用意を――」

「わたしの分はいらないわ」

「かしこまりました」

客間に通されている客人の名に引き攣りそうになった頬を笑顔で殺し、シャンネを下がらせる。

不自然にならない程度の早足で、スティラは客間を訪れた。

ソファに深く腰掛けていた男の青い瞳が、スティラに向けられる。

「フレイ、なんの用よ！」

「どうしていきなり怒ってるんだい？　今度はきちんと友人として、正面から訪問したのに」

　スティラの怒りなど気にした様子もなく、フレイは余裕のある微笑を浮かべた。長い脚を優雅に組み替え、わざとらしく小首を傾げる。

「それが普通よ。わたしをからかいにきただけなら帰って。今は貴方のお遊びに付き合う気分じゃないの」

「ご機嫌斜めだね。婚約指輪はもらえたかい？」

「帰って」

　見ればわかることをわざわざ問われて、スティラの眉間に皺が寄る。

　低い声で再び辞去を迫ると、フレイがようやくソファから立ち上がった。ゆっくりとした足取りで歩き、スティラの前で止まる。

　どうしてか近づかれると手足の指先がざわついて、スティラは思わず視線を逸らした。落ち着かない気持ちを持て余しつつ、声を尖らせる。

「な、何よ」

「扉、君の後ろなんだけど？」

　指摘されて、赤面する。スティラは慌てて退こうとしたが、それよりも先にフレイの腕が腰に回っていた。

容易く抱き寄せられて、瞠目する。至近距離で吸い込んでしまったフレイの匂いに、どっとスティラの心臓が跳ねた。

予想もしていなかった体の反応に、心が戸惑う。体を引き剝がそうとしたが、腰に回った腕を意識すると身が竦んだ。

力を入れようとしてもぎこちなく強張るだけの指先が、情けなく震える。

「はな、放して……」

「どうしたの？　いつもと様子が違う気がする」

覗き込むように顔を近づけられると、益々鼓動が速くなる。

混乱したスティラはどうにかしてフレイの視線から逃れようとしたが、片頰を手のひらに包まれ、上向かされてしまった。

真正面から青い瞳に囚われて、うなじが痺れる。

強張った指先がフレイの腕を摑み、その動きで微かに擦れた瘡蓋が、薬指の付け根に小さな痛みをもたらした。

（――ぁ）

その瞬間、憶測でしかないフレイの恋慕を猛烈に意識して、一気に顔が熱くなる。熱に反応したスティラの瞳が潤み、フレイが微かに滲んだ。

意味のわからなかった体の反応が、フレイを意識しているからだと理解する。だが、理解したところで体の強張りが解けるわけもなく、スティラはフレイを見上げたまま眉尻を下げた。

微かに滲んだところで微塵も損なわれない美貌が、不思議そうに微かに傾ぐ。

「いつもは手負いの仔猫のようなのに、今日は乙女のような顔をしてる。本当に、どうしたの？」

声音は疑問を投げかけていたが、瞳の奥には意地の悪い色があった。嫌味としか受け取りようのない言葉に反発心が湧いて、スティラは意地で睨み返す。

「誰が手負いの仔猫よ！」

言葉の勢いに乗じて頬を包む手のひらを摑み退かそうとしたが、後頭部に逃げられたうえに、腰ごと掬うように抱き上げられてしまう。

肺から空気を押し出されるように、スティラは声を上げた。

「きゃっ」

踵が浮いた不安定な体勢だったが、それを支える腕は揺らがない。それはスティラがフレイから逃れようと藻掻いても同じだった。

「何するのよ、苦し――ッ」

「可愛いと言ってるのに、どうして怒るの？　スティラは最近、怒りっぽいね。でも、意味がない。美人が怒っても綺麗なだけだ。可愛くて綺麗だなんて、君は本当に狡い」

唇が触れる距離で、信じられないほど甘く囁かれる。

柔らかな声音にも、見つめてくる青い瞳にも、見慣れたはずのからかいの色が見当たらなくて、スティラは混乱した。

フレイからなんの含みもなく容姿を褒められたことなど、一度もない。

ただでさえあり得ないことが起こっているというのに、まるで口説くかのように告げられては、スティラとてどう反応したらいいかわからなかった。

ただ、体だけが正直に、肌を赤く色づかせる。

「なっ、なに、言って」

スティラは羞恥を誤魔化す言葉を必死に探したが、フレイの表情から甘さが抜けるほうが早かった。

「へぇ、血筋で婚約者を決めたくせに、男に口説かれて狼狽する程度には乙女心もあったんだね」

今度は、まごうことなき蔑みの言葉だった。

ステイラは確かに、血筋の良さでアロンとの婚約を受け入れたが、感情が無いわけではない。

思考は利害を優先する傾向にあるが、ステイラとて女だ。だからこそ、この即物的な考え方を変えられはしないかと悩みもしたのだ。

結果としてそれは無理だと悟ったが、少しでも異性に愛される女になりたいと思ったことは無駄ではないと、ステイラは結論づけていた。

意識しているのと、意識していないのとでは、間違いなく何かが違う。

可愛げがないなりに胸に秘めていた乙女心を試され、その上で踏みつけられては、ステイラとて深く傷つかずにはいられなかった。

腰を抱いていたフレイの手の甲に爪を立て、力を入れたまま引っ掻く。

「いっ、ッツ」

さすがにフレイも驚いたらしく、拘束が緩む。その隙に、ステイラはフレイの懐から逃げ出した。

「痛いよ、ステイ――っ」

血が滲んだ手の甲を見て顔を顰めたフレイの頬を、さらに平手打ちする。パンッと小気味良いほどの音が室内に響いて、フレイの顔が横を向いた。

「物事には限度というものがあるわ！　今度わたしを侮辱したら、絶対に許さない」

怒りと悲しみに昂ぶった状態ではどうしても声が上擦ってしまう。スティラはそのことが悔しくて、唇を噛み締めた。

ゆっくりと顔を戻したフレイを、真正面から睨み付ける。フレイはスティラを見下ろしながら、赤くなった頬に指先をそっと滑らせた。

「痛いよ、スティラ」

先ほどとは比べものにならないほど、甘やかな声だった。声音にはスティラに対する批難など微塵も含まれておらず、恍惚に満ちている。

嬉しそうとしか表現しようのない笑みを向けられて、スティラはぞっとした。

「――ッ」

気圧されるように後ずさったが、背中が何かにぶつかって、息を呑む。

後退を阻まれたことに、スティラは肩が跳ねるほど驚いたが、反射で振り返った先に扉を認めると、それが当たり前であることを思い出した。

自分の立ち位置を見失うほどに、動転している。

向き直れば当然のようにフレイの顔が目の前にあり、スティラは華奢な肩を扉に押しつけた。

「フレイ、待って。まっ――ッ」

息苦しいほどの拍動が、恐怖からなのか緊張からなのかわからないまま、唇に噛みつかれる。報復を想像していたスティラの唇は怯えに震えたが、フレイは思いがけないほど優しく下唇を甘噛みして離れた。

思考が停止した状態で、間近にあるフレイの瞳を見つめる。スティラがごくりと息を呑むと、フレイは僅かに顔を横に向けた。

スティラが叩いたことで赤くなっている頬が、眼前に晒される。

「痛い。赤くなってる？」

「……なってるわ」

「痛そう？」

どちらかというと、血が滲んでいる手の甲のひっかき傷のほうが痛そうだが、あえてそれは告げずに頷いた。

「え、ええ。でも、フレイが悪いのよ――わたしを、からかうから」

「そうかな？　からかわれても怒れる立場にいないよね、君」

囁かれたフレイの声は微かに低まっており、スティラを見下ろす青眼が細められる。うつむこうとしたスティラを咎めるように額が合わせられ、顔を逸らすことを阻まれた。

「自分の立場、忘れてた？　思い出させてあげようか、ここで」

吐息が耳に吹き込まれて、スティラは刺激に身を竦ませた。密着していたフレイの脚が、スティラの膝の間に柔らかなスカートごと押し込まれる。

「――っ」

背後に回った腕に尻を撫でられたことで、スティラはここでフレイが何をしようとしているのかを知り、身を捩った。

スティラは自分の紅茶は必要無いと言ったが、客間の人払いを指示したわけではない。話が落ち着いた頃を見計らい、誰かしらがフレイの紅茶を淹れ直しに来るのは必然だ。フレイはそれをわかっていて、ここでスティラを抱こうとしている。

「――ぃやっ、やめ、て」

背中を撫で上げながら、フックを外そうとするフレイの指を必死に扉に押しつける。押し殺した声と精一杯の力でスティラは抵抗したが、フレイの動きが止まったのは彼の意思に過ぎなかった。

抵抗に息が上がったスティラを面白そうに見下ろしながら、フレイの指先が乱れた赤い髪を梳く。

「頬にキスして、『わたしの部屋がいい』と君が誘ってくれるなら、移動してあげる」

「フレ――」

なぜそんなことを言わなければならないのかと、思わず声を上げたスティラの唇に、フレイの指先が押しつけられる。その指先は思いがけないほど熱く、スティラを黙らせるには十分な威力を持っていた。

「キスして」

逆らえば本当にここで抱くだろうと思わせる暗い眼差しが、場違いなほど美しく輝く。

「……届かないわ」

屈辱や怒り、恐怖――色々な感情を呑み込んで、スティラが呻くように告げると、フレイは僅かに屈んだ。

差し出された頬に、震える唇を押し当てる。打撃に熱を持った皮膚はスティラの唇より熱かったが、驚くほど滑らかだった。

そのことにドキリとしてしまい、慌てて唇を離す。それだけでは足りないということを、今度は耳を寄せることで主張され、スティラは屈辱を噛み締めた。

こんなところまで綺麗な形をしている耳殻に齧《かじ》り付いてやりたい衝動をぐっと堪え、消え入りそうな声で、目の前の男が望む言葉を吐き捨てる。

誘惑という表現とはほど遠かったが、フレイはそれで満足してくれたらしく、スティラを解放した。

ほっと息を吐いたのもつかの間、伸ばされたフレイの手によって、扉が開かれる。

まだ目元の赤味が引いていないスティラは瞠目したが、拒む隙すら与えられずに体を押された。

「誘っておいて焦らすと、僕は何をするかわからないよ？」

誘ったのではなく、誘わされたのだ。意地の悪い言葉に、体がわななく。

スティラは隣室から使用人が出てくる前にフレイから離れ、自室へ行くことを告げた。

使用人が不審に思わないようにか、後でリーシラが来るのだとフレイが嘘をつく。

大事な話をするから、誰も近づけないようにとスティラは付け加えたが、使用人の顔は艶然《えんぜん》とした笑みを浮かべるフレイに釘付けだった。

嫌な男だと心底思いながら、早足で自室へ向かう。

二人で部屋へ向かっている姿も、部屋へ入る姿も、誰にも見られたくなくて、スティラは扉を開けてすぐ、フレイを先に押し込んだ。

「おっと、情熱的だね。そんなに僕に抱かれたかった？」

「馬鹿言わないで。わたしは――あッ」

廊下に人気が無いことを確かめてから扉を閉めた途端、背後から抱きつかれる。扉に押しつけるように自由を奪われ、ステイラの胸をフレイの大きな手が摑んできた。

「ちょっ、と――ッ」

「コルセットは嫌いだ。どこを触っても硬い」

不満げに呟きながら、うなじに噛みついてくる。フレイがかなり興奮していることを忙しない態度で思い知り、どうしてかステイラの背筋がぞくりと震えた。

ドレスが強引に足元に引き下ろされ、コルセットの紐が解かれる。ステイラはあまり締め付けないので、それは容易く緩んで落ちた。

シュミーズの裾から這い上がってきた両手が、下から持ち上げるようにして乳房を摑んでくる。まだ柔らかい先端を指の間に挟むようにして揉み擦られると痛くて、ステイラはびくっと体を揺らした。

逃れようとしたことで自らそこを引っ張らせてしまい、刺激にきゅっと硬くなる。それを今度は指先で摘まれ、先端を指の腹で弾かれた。

「ぁ、あっ――ッ」

思わず高い声を上げたステイラの体が、扉から引き離される。そのまま荷物のように運ばれたのはソファの上だったが、座らされたのはフレイの腿だった。

驚きに身を捩ったが、腰に腕を回されて阻まれ、シュミーズを脱がされる。両手は再びささやかな膨らみを弄び、男の手によって形を変える胸をスティラに見せつけた。

「いや、いやよフレイ。この体勢は——」

立ち上がって逃れようとするも、後ろから抱え込んでくる力に敵わない。摘まれる度に赤味を増していく先端が恥ずかしくて、スティラは両目をきつく閉じた。

「目を閉じていいの、スティラ。何をされるかわからないよ？」

言う間に下腹部にフレイの手が滑り降り、下着に潜り込んだ指先が茂みを掻く。スティラは咄嗟に手首を摑んだが、力を入れようとすると乳首を強く抓られた。

「いぁっ」

「湿ってる……。実は期待してた？」

茂みをかきわけた指先が、そろりと割れ目をなぞる。それだけで膣から愛液が滲み出るのがわかり、スティラは目尻を赤く染めた。

「やめ……やめて」

「どうして？」

問いながら、ぐぷりと人差し指と中指が埋め込まれる。指先が内壁を圧迫するように緩急をつけて動き、スティラはびくびくと内腿を震わせた。

「あっ、あっ、や、ぁんっ」

異物からの刺激に溢れた淫液が、すぐにぐちぐちと音をたてはじめる。いやらしく濡れたフレイの手のひらが激しく動かされ始め、腫れた陰核をも刺激した。

「ッ、んっ、ンぁ！」

突き刺さるような快感に堪えられない喘ぎを洩らしながら、スティラは必死に脚を閉じようとしたが、それは悪戯にフレイの手のひらを陰部へ押しつけるだけだった。

「やっ、やっ……ぬい、て」

「押さえ込んでいるのは君だよ。脚を広げて、スティラ。手が抜けない」

どこか楽しそうな声が、耳元に吹き込まれる。

スティラはぶるりと身震いしてから、下肢を見下ろした。下着に押し込まれたフレイの手を、確かに自分の腿が押さえつけている。

「……ん、ぅ」

乱れた息を呑み込んで、腿の力を意識して緩める。

快感に強張った肉体はなかなか思い通りに動いてくれなかったが、ゆっくりと息を吐き出すと、擦り合わせていた膝が僅かに開いた。

「ありがとう。邪魔だったんだ」

「あ！」

上に抜かれるものだとばかり思っていた手が、腿に添って動かされる。

押し込まれていた指が抜け出ていく感覚に脱力させられたスティラの腰から、いやらしく濡れそぼった下着が容易く引き抜かれた。

「やっ、だめ――ッ」

「大丈夫、すぐに挿れてあげる」

下着を捨てた指先が、再び蜜壺に迫る。

スティラは再び脚を閉じようとしたが、フレイがローテーブルに足を持ち上げたことで、むしろ大胆に開かされてしまった。

フレイが膝を開けば開くほど、腿に引っかけられているスティラの脚が開かされていく。陰部を晒すあられもない格好に、スティラは混乱した。

「や、いやっ、いや！」

「恥ずかしがることはないよ。誰も見てない。――ああでも、次にこの格好をするときは、前に鏡を置こうか」

閉じようと藻掻くスティラの脚に、フレイの両手が這わされる。濡れた指先が内腿の柔らかな肉を揉み、辿り着いた先にある陰唇を摘んで広げた。

「あっ、やぁ……」

「少しふっくらしてる。気持ちがいいと、ここが男を受け入れるために腫れるんだ。知ってた？」

指で襞を弄びながら、とろとろと垂れてくる淫液を指で掬っては小さな肉芽に塗り込める。もどかしいようでいて時折鋭い快感が奔り、スティラはその度に腰を跳ね上げた。

「ぁっ、ん、んんッ、フレ、イ……ッ、や、め……」

「本当にやめて欲しいと思ってる？　君の体、刺激に反応するだけで、僕から逃れようとなんてちっともしてないんだけど」

意地の悪い言葉が、舌ごと耳の穴を犯してくる。

ぐちぐちと淫らな音が響く度に体から力が抜けていき、スティラはフレイの指摘通り、いけないと思いながらも、フレイから与えられる快楽を欲してしまっている。強引に肉欲に溺れさせせられることを、期待してしまっている。

抵抗が口だけになってしまっていることを自覚した。

こんなことはいけないとわかっているのに、スティラの体には力が入らなかった。

「あな、たが……逆らうなと、脅してるんじゃ、ない……」

「ああ、なるほど、そうだった。よかったね、スティラ。僕に溺れることを正当化できる理由があって」

まさにその通りの言葉だっただけに、嘲笑うようなフレイの囁きがぐさりとスティラの胸に刺さる。

その痛みは瞬く間に羞恥に変わり、スティラは流されかけていた理性を取り戻した。途端に手足に力が入るようになり、上体を起こす。

「抵抗していいなら、するわよッ」

「――っと」

すかさず腕が腰に回ったが、手の甲の傷に爪をたてると、フレイの腕が微かに緩む。

その隙にフレイの膝上から転がるようにして逃れ、スティラは床に敷かれていた絨毯《じゅうたん》に落ちた。

すぐさま起き上がろうとしたが、立てた膝は足首を摑み引かれたことで容易く崩れる。

「あっ、やぁ！」

あっと言う間にフレイに組み敷かれ、仰向けに押さえつけられる。両腕を拘束された状態では睨むことしかできず、スティラは唇を噛み締めた。

「いいね。君のそういうところが、堪らないよ」

「ンッ、ふ、むっ」

噛み締めた唇に、傲慢な唇が重ねられる。スティラが顔を振ってくちづけを拒んでも、フレイは笑みを崩さなかった。

鼻歌でも歌い出しそうな様子で、スティラの腕を頭上で一纏めにする。それを片手で押さえ込むと、フレイは己の首元を飾っていたスカーフを抜き取った。

「やっ……！」

何をされるか予想がついてスティラが暴れても、のし掛かっているフレイの優位は揺らがない。

力の差を改めて突きつけられ、スティラは体を震わせた。

「酷いことは……しないでっ」

「しないよ。するわけがない」

即答しつつ、フレイは手にしたスカーフで、怯えに身を竦ませたスティラの両手首を縛る。

「何するの。嫌よっ」

簡単には解けそうにない拘束に、怯えよりも焦燥が勝る。

フレイの腰が浮いたのでスティラは起き上がろうとしたが、足首を掴まれたことで再び絨毯に転がった。

「フレイ、何を――」

「酷いことはしないと言っただろう？　大人しくしてなよ」

　そう言われても素直に従えないような体勢を強要され、スティラは瞠目した。フレイの腿に背中が乗るほど引き寄せられ、脚の間に頭を挟まされる。

「ちょっと、嫌よ、嫌！」

「痛いよ、スティラ」

秘部を至近距離で凝視してくるフレイの頭を力一杯腿で締め付けたが、膝裏を摑まれて開かされる。

　脚の付け根のくぼみに唇が押し当てられ、痛みを感じるほど強く吸われた。

「――ッ」

「ふふ。君の肌は白いから、痕の付け甲斐があるよね」

うっとりと囁きながら、今度は内腿に吸いつかれる。柔らかく敏感な皮膚はその刺激を如実に伝えてきて、スティラは息を震わせた。

洩れそうになる喘ぎを必死に堪えたが、さらに敏感な部分に熱い吐息を吹きかけられ、それどころではないと思い知らされる。

「いやッ、そこは、ぃや――ッんぁ！」

神経が焼き切れそうなほどの羞恥にスティラは脚をばたつかせたが、押しつけられた唇に肉芽を強く吸われると、腰骨から脳天まで突き抜けた刺激に体が跳ね上がった。

そのまま熱い舌で押し擦られ、敏感な先端を弾かれる。尿意に似た快感を味わわされ、押し殺しようのない喘ぎがスティラの唇から何度となく零れた。

「ぁ、あっ――ゃんっ、ンッ、ぃや、そこっ」

やめさせたくても、拘束された両手ではフレイの額を押すことしかできない。快感によって骨抜きにされた身ではそれすら抵抗の意味をなさず、気がつけば毛足の短い絨毯を必死に摑もうと指先が蠢いていた。

そうする間にも執拗な舌が陰核を弄び、肉壺から蜜を溢れさせていく。それはひくつく蕾を濡らし、尻の割れ目を伝って背中を擽った。

「やぁ、あっ、やめてっ――おかしく、なっちゃうぅ」

「酷いことはしないけど、嫌がることはするさ。嫌がる君を好き勝手にしてるときが、一番支配してる気がして興奮する」

ちゅと音がするほど陰唇に吸い付かれ、淫らな体液を啜《すす》られる。

硬く尖らせた舌が浅い場所をぬるぬると犯し、内側を舐められる感触にスティラは声を掠れさせた。

「いや……やぁ、んんッ」

「ひくひくしてる。もっと奥まで欲しい？」

「そんなわけ――ッ」

スティラは恥辱に奥歯を噛み締めたが、熟れきった肉壺に指が再び押し込まれたことで容易く解けてしまった。

「ぁあ！　やぁっ」

「やらしいね、君のここは。指を三本も呑み込んでも、まだ足らないって疼いてる」

音が立つように、上下に揺さぶりながらかき混ぜられる。そうする間にも腫れた肉芽に歯を立てられ、スティラは過ぎた快楽に頭を打ち振るった。

「やぁ、やっ、もうやめ、やめて――ッひぁっ、あっ」

奥深くにあるしこりをカリと指先で掻かれた瞬間、びくびくっと腰が跳ね、視界が白く染まる。

「ぁ、あ……はぁっ、はっ――んんっ」

「イッたの、スティラ。気持ちよかった？」

熱い手のひらが、汗に湿ったスティラの肌をいやらしく撫で上げる。その刺激だけで腹部が震え、蕩けきった陰唇から蜜が零れた。

「さわら……ない……で」

「どうして？　こんなに気持ちがよさそうなのに」

意地の悪い囁きと共に、フレイの唇が膝頭に落とされる。ちゅ、ちゅ、と音をたてながら、くちづけはふくらはぎからくるぶしに移動した。

ようやく下半身が下ろされたが、絶頂の余韻に弛緩する体には力が入らない。

ステイラは顔を覗き込んでくるフレイを、視線だけで見返した。

「次はどうしようか。ねぇ、ステイラ」

「なにも、しな……で」

「素直じゃないね、ステイラは」

青い瞳は気に食わないほど生き生きと輝いており、僅かに口端が上がった唇が、いつもより濃く色づいている。

男らしい色気に本能が欲情させられて、達したばかりの腰がひくんっと揺れた。

頬に張りついたステイラの髪を、フレイの指先が梳き退かす。唇を重ねられたが、ステイラはぎゅっと歯を噛み締めた。

固く閉じた歯列を、唇を割った舌先がなぞり、ふっと笑みが零される。

嫌な予感にステイラは顔を逸らそうとしたが、それよりもはやく濡れた指先に乳首を抓られ、悲鳴じみた嬌声をあげさせられた。

その隙に舌を口内にねじ込まれ、思うさま貪られる。

付け根が痛むほど舌をしゃぶられるとぞくぞくとうなじが痺れ、スティラは子犬のように鼻を鳴らした。

「んっ、くぅ、――ンッ」

歯列をなぞった舌先が、追い出そうとするスティラの舌を悪戯につつく。下から掬うように根元を擽られると、ぞくりとした官能に喉奥が震えた。

上あごをねっとりと舐めあげられ、スティラの呼気が乱れる。

(いや……いや……なにも、考えられなく、なる)

悔しくて堪らなかったはずなのに、頭の芯がぼうっとしてきて、次第に気持ちがいいとしか思えなくなる。

フレイの香水に汗の臭いが混じるとどうしても興奮して、スティラの腰は自然と行為をねだるように揺れた。

布越しでも兆《きざ》しているとわかる熱が欲しくて、瞳が潤む。

そんな自分の反応が嫌で、スティラは拘束されたままの両腕でフレイを押し退かそうとしたが、それはすぐに頭上へ斥《しりぞ》けられてしまった。

晒された脇のくぼみにフレイの舌が這わされ、緩く吸いつかれる。くすぐったさの中に紛れもない快感があり、スティラは身を捩った。

　脇から離れた舌が胸元に移動し、硬くしこる先端を押し潰す。強く揉まれながらきつく吸われると尾てい骨が疼いて、スティラの踵が絨毯を掻いた。

「ぁっ、あ――いや、やんっ」

　自然と浮いた腰が、陰部をフレイの下生えに押しつけてしまう。心と体の動きがちぐはぐで、スティラは混乱した。

「ちがっ――ちがう、わ……ちが、う」

「何が？」

　いつのまにか上体を起こしていたフレイが、腰に絡むスティラの脚を面白そうに見下ろす。さすがに見られている状態では羞恥が勝り、スティラは腰の動きを止めることができたが、ゆっくりと服を脱ぎ始めたフレイの指先からは視線を逸らせなかった。

　上質なシルクのシャツが、するりと脱ぎ捨てられる。

　初めて眼前に晒されたフレイの肌は、普段は女よりも隠されているが故に、容易くスティラを欲情させた。

　思わず手を伸ばしてから、拘束されていることを思い出す。スティラが自分の行動に疑問を感じる前に、フレイの指先がスカーフを解いた。

自由になった右手でスティラが喉仏に触れても、フレイは無反応だった。

だからこそ、スティラにも自分の行動を止めようがない。

首筋から鎖骨にかけてのラインを指先で辿り、広い肩を撫でてから厚い胸板に手のひらを押しつける。

スティラと同じくらいに速い鼓動を皮膚越しに感じて、スティラは思わず手を離した。

「もういいの？」

不敵な微笑に、腰がずくりと重くなる。思わず脚を閉じようとしたが、挟まれているフレイの腰骨を擦っただけだった。

「ああ、下も見たい？」

「ちが」

膝を擦り合わせようとしただけだとわかっているだろうに、わざといやらしい方向に解釈される。

スティラは否定したが、フレイは前立てのボタンに手を伸ばした。

男の下肢など見せられたところで困るだけのはずなのに、どうしてか好奇心が勝る。いけないと思えば思うほど心臓が痛くなり、呼気が浅くなった。

それでも股間を凝視するようなはしたないことはできなくて、スティラの視線は腹部をさまよう。

いつの間にか、スティラは自分の体とは似ても似つかない、引き締まった筋肉の隆起に見惚れていた。その延長で、ごく自然に露出させられた男性器を見てしまう。

それは思っていたよりも、スティラに恐怖を感じさせなかった。滑らかな曲線を描くそれは力強く、欲望の象徴として脈打っている。

自分の中に入るとはとうてい思えない大きさだったが、スティラはフレイに突き上げられる感覚をもう覚えてしまっている。

肉体を征服されることでもたらされる快楽は、間違いなくスティラの心に刻み込まれていた。

「――ッ」

今までは内側で感じるしかなかったものを視覚で確認してしまったからか、不意に頭を過ぎった情交の記憶に現実感が増してしまう。

想像が呼び覚ましてしまった快感に、スティラの体がひくんっと揺れる。咄嗟に視線を逸らしたが、視界の隅でフレイの唇が笑みに撓った。

「意外。君は怖がると思ったのに――欲情したんだ？」

言葉にされると猛烈な恥ずかしさに襲われる。スティラは近づいてきたフレイの顔を押し返そうとしたが、指を絡めるようにして拘束され、絨毯に押さえつけられてしまった。

「欲しい？」

スティラの顔を覗き込みながら、ひくつく秘部に熱杭の先端が押し当てられる。

スティラは首を左右に振ったが、柔らかな陰唇だけを捲るように浅く腰を動かされると頭の芯が痺れるように熱を持ち、息が浅くなった。

「ぁっ――、いら、な――ッ」

「本当に欲しくない？　下は吸いついてくるんだけど」

くぽ、くぽと、入り口を引っかけるように熱が移動する。それはときおり熟れきった肉芽も擦り、肺が震えるような快感をスティラに伝えてきていた。

びくびくと腰が跳ねたが、ここでまた受け入れてしまったら、それはもうスティラの意思だ。それだけは絶対に避けなければならないと、スティラは理性を総動員して唇を噛み締めた。

「無理矢理犯して欲しそうな顔してる。そんな顔されると、欲しいって言わせたくなるよね」

「ッ――フレ、イ」

耳たぶを甘噛みした唇が、首筋を辿って鎖骨に吸いつく。肉芽をゆっくりと裏筋で擦り

上げながら、フレイはスティラの胸に嚙みついた。

そこからが、スティラにとっては地獄だった。

上半身をくまなく唇や舌、手のひらで愛撫しながら、フレイは時折思い出したように陰唇に先端を押しつけ、スティラに意思を問う。

否定すると唇が塞がれ、まるで行為を示唆するように、フレイの舌がスティラの口内を犯した。

スティラの口端からは唾液が零れ、潤みきった瞳からは時折涙が零れる。

それが快楽からのものであることを示すように、スティラの陰唇は乾くことなくフレイの雄芯《おしん》を濡らしていた。

「――ぁ、あっ」

「顔がぐしゃぐしゃだよ、スティラ。綺麗だね」

フレイの手が前髪をかきあげ、露わになったスティラの額に唇が押しつけられる。それは目尻の涙を吸い、もう何度目かわからないくちづけをスティラに施した。

陰唇を浅く刺激され、喘ぎに突き出された舌を咀嚼される。

柔らかな舌に強く嚙みつかれると気持ちが良くて、スティラはとうとう自らフレイの舌に舌を絡めた。

崩れつつある理性が、このくらいなら――と、スティラを甘やかす。

それこそが瞬く間に欲望を膨らませ、気がつけばスティラの両腕はフレイの首を抱き込んでいた。

「っ、ん、ふ、ぅンッ」

「スティラ、欲しい？」

「なに、を――？」

くちづけの合間に、熱い呼気が交わされる。スティラがそれすら呑み込もうとしたところで、フレイの唇がわずかに引いた。

「僕が欲しいか、訊いてるんだよ」

青い瞳を覗き込まされ、その奥に渦巻く劣情に煽られる。スティラの背筋にぞくぞくと悪寒が奔り、下腹部が痺れた。

「……ぁんっ、ッ」

「何もしてないのに、喘がないでよ。ほら、どうするの？　やっぱりいらない？」

「ひぁっ――ンンッ」

今までよりも深く押し込まれ、張りだした場所にぐっと秘部を押し開かれる。それを奥まで押し込まれると、どれほど気持ちがいいかを知る肉体が歓喜し、スティラの目尻が赤味を増した。

それでも、心の端に引っ掛かっている何かがスティラに首を横に振らせる。

「そう。わかった」

焦らす余裕など本当はないと、滾る雄芯とぎらつく瞳が訴えている。それなのに無理矢理犯してくれないフレイが、スティラは無性に欲しくなった。

唐突な衝動に、理性が崩れ去る。

スティラはこんなにも快楽を堪え、屈辱に打ち震えているというのに、フレイは拒まれることすら愉しんで欲情している。

こんな理不尽なことはないと思った瞬間、スティラの唇は勝手に動いていた。

「も、挿れて――ッ。欲し、フレイ、が――欲しっ、からぁ、あ、ひぁ！」

言葉半ばで、一息に押し込まれる。すさまじい圧迫はスティラに敗北感と屈辱をもたらしたが、瞬く間に歓喜に塗りつぶされた。

「あ、ぁっ、ふぅ、ひんっ、ンぁ！」

獣のように突き上げられる衝撃に耐えかねて、フレイの背中に爪を立てる。焼け付くような剛直が、快感に強張る肉壁を強引に擦り上げ、スティラを悶えさせた。

「ぁ、あ、やっ――もっと、ゆっくく、り――ッ」

「うそつき」

その囁きだけで意識が一瞬途切れるような官能を味わったスティラの背に、フレイの汗に濡れた手が這う。それはそのままスティラの体を抱き上げ、腰の上に乗せた。

「あっ、ぅあ、アッ」

下から押し上げるように深く穿たれ、スティラの体が反る。

逞しい腕によってのみ支えられたスティラの体はフレイを貪欲に呑み込み、子宮口を突き上げられるたびに痙攣した。

「ゃあッ、ふか、ぃ――はっ、あぁっ」

「中、すごくうねってるよ。熱いし――ッ、もう、イきそう」

胸元に顔を押しつけたまま、フレイが恍惚とした声で呻く。それはスティラの尾てい骨を痺れさせ、肉体を絶頂に押し上げた。

「ぁ、ひぁ、――ああッ」

びくびくっと腰を震わせ、突き上げに押し込まれた熱杭を締め上げる。

スティラがフレイの腰を腿でぎゅうと挟み込むと、喉元に犬歯が突き立てられ、奥深いところに熱が注ぎ込まれた。

「ぁ、ふぁ……っんぅ」

どく、どく、と力強く脈打ち、内部を圧迫していた質量が僅かに小さくなる。スティラの腰からも力が抜け、フレイに抱きつくように体を預けた。

首筋に忙しない呼気を感じながら、スティラもフレイの耳元に乱れた呼気を押しつける。すっきりと切りそろえられたうなじを凝視してから、スティラはきつく目を閉じた。

望まされた快楽を思うさま貪ってしまった後悔が、津波のように押し寄せてくる。

「なんて、ことを……わたし、……っ」

「散々気持ちよくなった後で後悔するんだ？」

「ッ——だって、貴方がッ」

「煽ったことは認めるけど、本当にいけないと思ってたら、拒み続けられたんじゃないかな？　いい加減認めなよ、スティラ。本当は僕に組み敷かれると興奮するんだろ？」

「なにを——ッ」

反論を口にしかけたところで、再び絨毯の上に押し倒される。未だ繋がったままだった場所に再び熱を感じて、スティラは瞠目した。

「な、に——考えてッ」

「君が興奮して締め付けるからだよ」

「わたしのせいだって言うの!?　わ、たし——ッぁ、あっ、やめ、て」

一度交わったことで体が敏感になっており、緩く揺さぶられただけでしくしくとした快感が下腹部に生まれる。

スティラは身を捩ろうとしたが、腰を深く押し込まれてしまい、指先を強張らせた。

「本当に嫌なら、拒んでごらん。わたしには婚約者がいるから、嫌だって」

言いながら、ぬぷぬぷと浅く律動される。頭の芯が痺れるような感覚に思考を邪魔されたが、スティラは必死にフレイの腕に爪を立てた。

「ッ、フレ、イ」

「ほら、拒んで。僕に抱かれることは婚約者を裏切る行為だろ？　だからだめだって、ちゃんと言ってごらん」

意地の悪い青い瞳が、スティラを覗き込んでくる。

無邪気な言葉で罪悪感を煽られると胸が痛んだが、血の気が引くような思いをする度にフレイを呑み込んでいる肉が蠢くのがわかり、スティラは頭を緩く振った。

「ん、ぁ、――だめっ、だめ、ぇ」

「だめ？　何が？　婚約者がいるのに僕に抱かれて感じちゃってること？　それとも、未来の夫を裏切る行為に興奮しちゃってること？」

まるで睦言のように耳元で囁かれ、スティラは瞠目した。

　そんなことはないと否定しようとしたが、耳を舌に舐めあげられ、声が身震いに阻まれる。

「図星って顔してる」

「ちが、……そんな……わたし」

「いいんだよ、スティラ。背徳はいつだって爛《ただ》れた快楽と繋がってる。してはいけないことをしている罪悪感は、最高の媚薬だ。君みたいに意志が強いはずの人間ほど、溺れやすい」

　悪魔のような指先が、優しくスティラの脇腹を撫でて臀部を摑む。結合を深めるように揉み込まれると奥が疼いて、スティラは爪先をぎゅっと丸めた。

「いや、っ――そん、な、ちがっ」

　本格的に腰を動かされ始めてしまい、スティラの言葉はすべて喘ぎ声になってしまう。あられもなく淫らに喘ぐ姿を、青い炎のような瞳が見下ろしていた。

「ぁ、ああっ、やっ、ぃや――フレ、イ……やめっ」

「そうやって拒まれると興奮するって言ったのに。君は馬鹿だね、スティラ」

ぞっとするほど美しい顔で罵られて、スティラの内腿が痙攣する。

突き上げられる刺激に背が撓り、小さなスティラの胸が控えめに揺れていた。

フレイに突き出す形になってしまった先端の蕾に、容赦なく噛みつかれる。

「あぁ！」

強く引っ張られると痺れるような快感が下腹部にまで突き抜け、スティラは一際高い声で鳴いた。

罪悪感は確かにあるのに、フレイから与えられる快楽を拒めない。

溺れるように求めさせられるうちに、背徳は愉悦に変わり、スティラの体は生温かい沼に沈んでいくようだった。

◇　◇　◇

後ろに立つフレイに髪を梳かされる自分を、スティラは鏡越しに呆と眺めていた。

体はフレイによって拭き清められ、ドレスも既に身に着けている。

身繕いしていくフレイの手つきは苛立たしいほどに丁寧で、スティラは文句を言う気力すら湧かなかった。

「違う結い方をしたら、シャンネに変に思われるわ」

「大丈夫、覚えてるから」

胡散臭い一言だったが、迷い無く髪を編み込んでいく指先を見ていると、嘘ではない気がしてくる。むしろ女の髪まで結えるフレイの器用さが不気味だった。

「なんでそんなことできるの」

「子どもの頃、リリーがするすると自分の髪を編んでいくのが魔法みたいで、やりたいと言ったことがあるんだ。それで教わったから」

リリーはフレイの乳母だ。懐かしい名前に絆《ほだ》されそうになったが、仕上げの髪飾りが差し込まれたことで我に返る。

出来に満足そうな微笑を浮かべるフレイを見たら、スティラの両目から唐突に涙が溢れた。嗚咽が堪えきれず、鏡台に突っ伏す。

どんなに体を拭き清めても、髪を結い直しても、それはもう、以前と同じものではないのだ。

フレイに何度も抱かれた事実が消えるわけではない。

(わたしは、優柔不断で嘘つきで、最低な女だわ——!)

「スティラ、泣いてるの？」

様子を窺うように、そっと肩に触れてきた手を払う。

椅子から立ち上がって振り返ると、きょとんとした顔でフレイがスティラを見ていた。

スティラの涙に動揺すらしていない、不思議そうな顔に、膝から頽れそうになる。拳を握ることでそれを堪え、スティラは自分の足下に視線を落とした。

「……もういい」

「なに？」

「もういいと言ったの。私がすでに穢《けが》された女だと、誰に言っても構わないわ。最初から、こんな恥知らずな女がアロン様の妻になれるわけがなかったのよ」

冷静に告げようとすればするほど声が震え、情けなさと罪悪感に涙が次々とこぼれ落ちる。

バートレド公爵に恥をかかせたとなれば、スティラだけの問題では済まない。

今後、両親や親族が社交界でどれほど肩身の狭い思いをするかと思うと、スティラの胸は張り裂けそうだった。

どう考えても、裏切り者が生きているわけにはいかない。

「公爵夫人という立場に憧れるあまり、わたしは冷静さを欠いていたのね。黙っていればなんとかなると、本気で思っていた自分が恐ろしいわ」

ステイラが再び視線を上げると、フレイの瞳がまっすぐに見つめ返してくる。

ステイラは穢れてしまったというのに、フレイの瞳は宝石のように美しくて、いたたまれなくなった。

綺麗に結われた髪から髪飾りを毟《むし》り取り、叩きつける。

「——ッ、何をするんだい、ステイラ。せっかく綺麗に結えたのに」

「ねえ、フレイ。わたしを追い詰められて満足？　気が済んだ？　楽しかった？　ねえ……。なんとか言いなさいよ！　わたしの人生をめちゃくちゃにしたいほどわたしが憎いなら、いっそ殺したらどうなの⁉」

叫んでしまえば溢れる感情を止められず、ステイラは憤りを持て余すように部屋を見渡した。

視界の端に、サイドテーブルに置かれたフルーツ皿が映る。側に用意されていたフルーツナイフに、衝動のまま手を伸ばした。

「ステイラ！」

「——ッ」

ナイフを握った手首を、信じられないほどの力で摑まれる。とてもナイフを握ってはいられず、それは互いの足元に落ちた。

「放して！」

「出来ないよ。放したら、今の君はまたナイフを拾うだろう」

「なら貴方が拾いなさいよ！　いっそわたしを殺したらどう!?　死ぬ手間が省けてちょうどいいわ！」

純潔を奪われ、それを隠そうとする心も体も弄ばれて、冷静で居続けられるわけがない。フレイの身勝手さも、己の愚かさも、今のスティラには耐え難い事実だった。それなのに、感情のままに暴れることすらフレイに阻まれる。

強い力に引き寄せられたスティラの体は、容易くフレイに抱き込まれていた。

「離してよッ。わたしに触らないで！」

「スティラ、落ち着いて」

藻掻くほどに締め付けてくる両腕が憎くて、スティラはフレイの首筋に噛みついた。スカーフをまだ巻いていなかったので、剝き出しだったのだ。

「いっ――。痛いよ、スティラ」

フレイの肩がびくりと震えたが、スティラを振り払うことはしなかった。

ならばこのまま嚙み千切ってやろうとスティラは息巻いたが、微かに滲んだ血の味に怯む。口を離すと、くっきりとスティラの歯形がつき、犬歯が突き刺さった場所に血が滲んでいた。

「――ぁ」

生々しい傷跡に我に返り、スティラの体から力が抜ける。

フレイの腕の力が緩んでも、スティラは抵抗できずに棒立ちしていた。

スティラの背中を、大きな手のひらが優しく撫でる。指先がうなじを辿り、再び崩れてしまった髪を今一度解いた。

肩に零れた赤い髪をかき混ぜるように、フレイの手のひらがスティラの後頭部を何度も撫でる。

「……なに」

「君を憎いと思ったことなんてないよ。こんなにも言葉や態度に出しているのに、僕の気持ちがスティラにはわからないのかい？」

フレイの態度から受け取れるのは、蔑みと威圧だ。なのに憎んでいるわけではないと言われても、説得力がまるでない。

憎しみ以外に、フレイの態度から何が汲み取れるというのか。理解しがたい言葉に、スティラは眉間に皺を寄せた。

「わからないわ。そもそも、貴方の言動そのものが理解できない」

呻くように告げたスティラの体を抱く腕が、少しだけ強まる。

そこには確かに戸惑いがあり、スティラは驚いた。

いつも何を考えているかわからないフレイの感情を、こうもはっきりと感じたことなど、今までなかったのだ。

何かを摑めた感覚が、スティラに安堵をもたらす。

混乱に煽られていた激情が徐々に静まり、スティラは大きく息を吐き出した。

「貴方が何を考えているかなんて、ちっともわからない」

第八章　望まれる理由

数日後、フレイがついた嘘の帳尻合わせとして、スティラはリーシラを見舞った。

もちろん、見舞いというのは屋敷の者達に対する建前で、現れるはずもないリーシラが現れなかった理由としてのこじつけだ。

不在であれば街で時間を潰してから戻ればいいと考えていたスティラだったが、運良くリーシラは屋敷にいた。

訪問を聞きつけ、わざわざエントランスまで出迎えてくれる。

「いらっしゃい、スティラ。どうしたの？」

「シャンネお手製のマーマレードのジャムを持ってきたの。去年、美味しいと言っていたでしょう？」

「まぁ、本当！　嬉しい。今日は良い天気だから、外でお茶にしましょう」

シャンネが作るジャムは、リーシラの好物だ。

フレイと部屋で二人きりになるためにその名を利用してしまった謝罪も兼ねて、スティラは瓶詰めにされたジャムと、紅茶の葉を混ぜ込んで焼いたクッキーを持参した。

使用人にバスケットを渡し、リーシラの案内で庭園へ出る。

四阿ではなく木陰になっている芝生にささやかな茶会の準備をしてもらい、スティラはリーシラと他愛のない話をして時間を過ごした。

スティラが切り出さないからか、リーシラもアロンやフレイの名を口にしない。

それを有り難く思いながら、スティラはクロテッドクリームをたっぷりと盛ったスコーンを頬張った。

緩やかに広がる多重レースの裾がわずかにずれて、手首が覗く。

よくよく見なければわからないほど薄くはなったが、しばらくの間くっきりとあった手形を思い出すと、スティラの胸が僅かに騒いだ。

スティラが自害しようとするほど自暴自棄になったことでさすがに反省したのか、あの日以降、フレイはスティラの前に姿を現していない。

それはそれで、心乱されなくて済むのでほっともしていたが、同じくらい落ち着かない気持ちもスティラは持て余していた。

だが、千々に乱れていたスティラの心も、時間とともに落ち着いてきている。

ナイフを摑んだことで婚約への執着が失せたのか、スティラは今、不思議なほど冷静だった。

胃の底に灯るような熱を伴った決意が、スティラにあるからだ。

あの日、フレイが屋敷を去ったあと、スティラはアロンにすべてを打ち明けると決めた。

名家ほど花嫁の処女性を重要視するため、アロンとの婚約は解消されるだろう。それに伴ってスティラが背負うことになる汚名は計り知れないが、バートレド公爵家に恥をかかせてしまうのだから仕方がない。

両親や数少ない親しい友人たちから向けられるであろう失望と軽蔑の眼差しを思うと胃が痛んだが、己の打算が招いた事態だと思えば受け入れるべき罰だった。

フレイに夜這いをかけられた時点で穢されたと訴えていれば、事はもう少し違う流れになっていた筈なのだ。

隠そうとしなければ、少なくとも自分の意思でフレイに抱かれてしまうという、アロンを直接裏切るような行為に及ぶことはなかった。

（そうよ……。この間のわたしは、自分の意思でアロン様を裏切ったんだわ）

改めて自らフレイを求めてしまったことの罪深さに打ちのめされ、スティラは己の愚かさを恥じた。

震えそうになる指先を、ティーカップを強く摑むことで押さえ込む。

「スティラ？　聞いてる？」

「え？　あ、ごめんなさい――考え事をしてて」

「そうみたいね。すごく思い詰めた顔で、アップルパイを睨んでたわよ」

「え、ええ。そうなの。美味しそうなんだけど、お腹がいっぱいで――」

「気持ちとしては欲しいってことね。じゃあ私と半分こしましょう。ね？」

違う事を考えていたとわかっているだろうに、優しく話を合わせてくれたリーシラに、スティラは感謝を込めて微笑んだ。

すべてが済んだら、この気の置けない友人にはすべてを打ち明けようと心に決める。

軽蔑されるかもしれないが、スティラはリーシラに叱って欲しかった。

◇　◇　◇

屋敷を訪ねたい旨をしたためた手紙にアロンから返事がきた二日後、ステイラは指定された時刻に間に合うよう、支度を済ませて屋敷を出た。

真っ白な絹にオレンジ色の糸で百合の刺繍が施された日傘を差し、すっかりと夏めいた陽射しを遮る。

縁を飾るレースに視線を滑らせたところで、思いがけない人物が視界に入り、ステイラは瞠目した。

「リーシラ？」

「ごきげんよう、スティラ。これからお出かけ？」

「え、ええ。アロン様のところへ」

驚きの抜けきらない表情でスティラが頷くと、リーシラの眉尻がほんのすこし下がった。

僅かな戸惑いに、偶然行き会ったわけではないと知る。

「もしかして、わたしに会いに？」

「会いに来た……というか、気になって」

曖昧な言葉にスティラが小首を傾げると、リーシラは微苦笑した。

「この間の貴方、なんだか思い詰めているように見えたから……。あのときは、貴方が話したくなるまで待とうと思ったんだけれど、後になって、やっぱり話を聞き出してあげればよかったって、後悔したの。本当は、何か私に話したかったんじゃないか、って」

僅かにうつむいたことで、鍔《つば》の広い、真っ青な帽子の花飾りが揺れる。偶然にも、日傘と同じ百合の造花で、スティラはわけもなく胸打たれた。

愚かなスティラを、こうして心配してくれている存在がいるということが、思わぬ力をくれる。

不安で堪らなかった心が、幾ばくか和らいだ。

「ありがとう、リーシラ。アロン様のお屋敷から戻ってきたらすべて話すから……。それまで待っていてくれる？」

「――わかった。待ってるわね」

優しい頷きを得て、スティラの翡翠色の瞳が輝く。

決意を改めるように日傘の柄を強く握り直し、スティラはレンガが敷き詰められた歩道に一歩を踏み出した。

バートレド公爵家の町屋敷は、王城の敷地内にある。

三つの門によって区切られた敷地のうちの、最も外側の土地に、国王に与えられた貴族屋敷が建ち並ぶ区画があるのだ。

多くは上院議員を務める者達のものだが、中には報奨として与えられたものもある。

バートレド公爵家は、その中でも別格の規模を誇る美しい屋敷だった。

風の精霊が舞い踊った軌跡を描いたような、美しい流線模様の門をくぐり、玄関に辿り着く。

日傘を閉じてから、スティラはゆっくりと深呼吸をした。

美しい白馬のドアノッカーに手をかけ、丁寧に四回鳴らす。スティラが一歩下がるだけの間を置いて、扉は開かれた。

てっきり、家令か執事が出迎えてくれるだろうと思いきや、扉から現れたのは屋敷の主人だった。

驚いてスティラが瞠目すると、アロンの瞳が嬉しそうに細められる。

「ようこそ、我が屋敷へ。驚いた？」

「ええ。――まさか、直接出迎えてくださるなんて、思っていなかったので」

「愛しい姫君が初めて私の屋敷を訪れてくれるというのに、部屋でじっとしてなどいられないさ」

「……アロン様」

嬉しそうな言葉に、ズキリと胸が痛む。

これから伝えなければならないことを思うと、ステイラの笑みはどうしても強張ってしまった。

仕草で招き入れられるままに、エントランスルームへ踏み入る。主人の側に控えていた執事に日傘を預け、ステイラはアロンに案内されるまま奥へと進んだ。

「どうぞ、マイ・レディ」

「……ありがとう」

アロンの手によって開け放たれた扉をくぐり、応接室へ入る。

ベージュとペールグリーンを基調とした壁には、代々の当主の肖像画が飾られていた。どれも面差しがアロンとよく似ており、威厳のある顔つきをしていながらも目元が優しい。

風にそよぐガーゼカーテンには、白鳥が湖で戯れる姿が銀糸で刺繍されており、ビビッドブルーのソファセットが、部屋の中で花咲くように存在を主張していた。

爽やかで華やかな部屋は、アロンに良く似合っている。事実、室内にアロンが入ると、恐ろしく絵になった。髪の色に合わせたのか、蜂蜜色のジャケットとベストにはアクセントのように薔薇が刺繍されており、アロンをより魅力的に見せている。

まさに貴公子と呼ぶに相応しい姿だった。

フレイの顔は美しすぎてむしろ目を逸らしたくなってしまうが、アロンの顔は好青年という印象が強く、舞台俳優でも見るような気持ちになってしまう。

「スティラ？」

「あ、ごめんなさい――。見惚れてしまって」

声を掛けられたことで、凝視してしまっていたことに気がつく。

はしたなさにスティラは頬を赤らめたが、アロンは優しく微笑んだ。

「気にすることはないよ、美人に見つめられて嬉しくない男はいない」

「……ありがとう、」

臆面もなく容姿を賛辞されるのは恥ずかしかったが、それを否定するのも失礼な気がして、スティラはお礼を言った。

隅に設置されていたドリンクカウンターにアロンが手を伸ばし、シャンパングラスを二つ手に取る。

端に用意されていたシャンパンを慣れた手つきで注ぎ、片方をスティラに渡してくれた。

「未来の妻に」

乾杯の言葉に、ぎくりとスティラの体が強張る。

杯に口をつけずにうつむいたスティラを、アロンが不思議そうに見つめてきた。

「どうしたんだい？」

「実は……そのことでお話があって来たんです」

「ああ、そうだったね――。私としたことが、君がここに来てくれたことが嬉しくて、真っ先にしなければならないと思っていたことを忘れていた」

言うなりスティラの手からシャンパングラスを取り、自分のものと一緒にカウンターへ置く。再び向き合うなり、アロンがジャケットのポケットから小さな箱を取り出したことで、スティラは息を呑んだ。

その箱の中身が何かなんて、聞かずともわかる。

開かれようとした上蓋を、スティラは咄嗟に押さえていた。結果としてアロンの手に手のひらを重ねてしまったが、恥ずかしがってはいられない。

「どうしたんだい？」

「……アロン様、ごめんなさい。わたしには、この指輪を見る資格がないのです」

「スティラ？」

「わたしは……アロン様とは結婚できません」

真っすぐに見つめていたアロンの瞳が、じわりと滲むように見開かれていく。

アロンは僅かな間、茫然とした様子だったが、すぐに目を忙しなく瞬かせ、頭を振った。

信じられないという顔つきでスティラの手を離させ、ぎこちない動きでこめかみを押さえる。

「どういうことだ？　君は私の申し入れを受けてくれたはずだ」

「確かに受け入れました。けれど、婚約は解消しなければ……」

「駄目だ！　婚約の破棄など認めない。君は私の妻になるんだ！」

急に声を荒げたアロンに驚いたスティラの左手首が、強い力に摑まれる。ひねり上げるように引き寄せられ、スティラは痛みに喘いだ。

「ッツ！　アロン様、何を――」

抵抗するよりも怯えが勝る力に引きずられ、脚が縺れる。たたらを踏んだ先で何かを蹴ってしまい、スティラは思わず下を向いた。

蹴ったものの正体が小箱だとわかった瞬間、はっと息を呑む。

見上げた先で、アロンが無理矢理薬指に指輪を填めようとしていた。

「アロン様！　待って。わたしの話を聞いてください」

指輪を填められたところで結果は変わらないが、咄嗟の勢いで拒む。右手で左手指を握り込むと、間近にあったアロンの目尻が苛立ちに赤くなった。

「抵抗するな！　君の立場で、私を拒めると思っているのか！」

「アロン様。違うんです！　結婚できないのは、私が不貞を――きゃあ！」

言葉半ばで、体を強く突き飛ばされる。スティラの華奢な体は、為す術も無くソファに倒れ込んだ。

興奮して目を血走らせたアロンが、容赦も加減もなくのし掛かってくる。

「いたっ――、くるし、い。退いてください、アロン様……っ」

「君は私と結婚するんだよ。私にはガネット伯爵家の財産が必要なんだ！」

「……え？」

勢いのままに吐き出された言葉に、思わず抵抗の手が止まる。アロンを見上げると、爽やかだった目元に皮肉げな色が混じった。

「まさか、ただ惚れられて求婚されたと本気で思っていたのか？」

「だって……貴方が、そう……」

「私はバートレド公爵だぞ？　望めば王族の姫君を妻に迎えられるのに、美貌だけを理由に田舎貴族の娘を娶《めと》るわけがないだろう」

スティラとて、自分の家に何かしら特殊な要素があったならその可能性を考えただろうが、ガネット伯爵家にアロンが望むような財産などない。

そう思ったことが顔に出たのか、アロンはスティラを憐れむように口端を上げた。

「ガネット伯爵には稼いだぶんだけ贅沢をするような剛胆さはないか。なら、娘が己の裕福さに気づかなくとも仕方がないのかもしれないな」

「どういう、意味ですか」

「女の君に説明したところでわかるまい。ただ、何も知らなかったのなら、恋愛小説のような展開に夢見た君を責めるのは可哀想だ。酷いことを言って悪かったね」

声のトーンが穏やかなものに戻り、宥めるような指先が頬を撫でる。スティラは嫌悪から、首振ってその手を払った。

「……触らないで」

アロンが言ったように、恋に恋するように夢を見たわけではないが、公爵夫人に憧れたのは事実だ。

だが、それは立派な貴婦人となるためであって、財産目当てで妻を求めた男の傀儡になるためではない。

醜悪に笑うアロンには、今までどれほど目が曇っていたのかと自分に呆れるほど、微塵も品格を感じられなかった。

今更のように、自分がバートレド公爵という肩書きしか見ていなかったことに気づかされる。その名に憧れるままに、のぼせ上がっていたことにも。

（ああ、フレイ……今だけは貴方に感謝するわ！）

フレイの暴挙があったからこそ、スティラはアロンとの結婚を諦めたのだ。

何事もなく結婚してしまっていたらと想像して、スティラはおぞましさに身震いした。

こんな男の妻にならずに済むのなら、純潔などどうでもいい。むしろ己が短慮だったことへの、正当な代償だったとさえ思えて、スティラは思わず笑った。

「何がおかしいんだい？」

「自分の愚かさが。そうね、物事には分相応というものがあるものね……。わたしは、高望みが過ぎたわ。バートレド公爵夫人だなんて、一時でも夢見られただけで満足よ」

「夢で終わらせられては困る。君は私の妻になるんだ」

「嫌よ。それに、わたし、処女ではないの」

「なに……？」

さすがに驚いたらしく、アロンの表情に狼狽が滲む。

呼吸すら難しくなるほど勇気が必要だった言葉を、これほどまでに晴れ晴れとした気持ちで告げられていることが、スティラは不思議だった。

「バートレド公爵家の当主が生娘《きむすめ》ではない女を妻にするなんて、国王の御不興を買うわよ。それこそ王家の姫君たちを差し置いて――なんて、ありえないわ」

「……なるほど、君も私を裏切っていた、というわけか」

「残念ながら。貞淑な娘ではなくてごめんなさい？」

不遜な物言いをした途端、スティラの頬で痛みが弾ける。予想外の暴力に言葉を失ったスティラを、アロンの眼差しが蔑むように射貫《いぬ》いていた。

「小賢しい女は嫌いだ。口を慎《つつし》め」

威圧的な物言いが、スティラに火をつける。

暴力に萎縮しかけていた心が、カッと熱を持った。

「女を殴るなんて最低ね。小賢しくて結構よ！　わたしはわたしだし、しがない田舎貴族の財産を目当てにしなければならないような小男に、従う謂《いわ》れなどないもの！」

「貴様！」

胸ぐらを摑まれたが、スティラは怯まなかった。目の覚めたスティラにとっては、アロンの睨みなど、フレイの微笑にも及ばない。

眼差しから訴えてくる威圧感がまるで違う。

「公爵家の莫大な財産を、いったい何にお使いになったの？　こそこそと補おうとするなんて、まさか国に納めるべき税にまで、愚かにも手を出してしまわれたのかしら？」

図星だったのか、アロンの顔色がみるみる赤黒くなる。

摑まれていた胸元に突然強い力が加えられ、ブラウスのボタンがはじけ飛んだ。露わになった胸元を隠そうとした腕を、拘束される。

「なにを……っ」

「君の純潔など、この際どうでもいいんだ。私が奪ったことにすればいいだけだからね」

言うなり脚を抱え上げられ、太腿にアロンの手のひらが這う。スティラは暴れようとしたが、容赦なくのし掛かってくる体の下で藻搔くことしか出来なかった。

「いやっ――ッ、こんなこと、したって、わたしが、言えば――ッ」

「君は言えないよ。私が君の言うように、民から集めた税を私的に使い潰した最低な男だったとしても、私がバートレド公爵だということは変わらない。君がいくら真実をわめいたところで、私が否定すれば、それは嘘になる。バートレドの名を穢そうとした罪に問われるのは君であり、ガネット伯爵だ。私が言っている意味が、賢しい君ならわかるね？」

「なん、て……卑怯なのッ」

「生意気な目だ。女の身で男に逆らおうなんて二度と思わないよう、体に思い知らせておくべきかな……？」

「いや、あ！　痛いッ」

肺が潰されるような圧迫に、呼吸が妨げられる。強引な手が下着に伸ばされ、繊細なレース編みの生地が引きちぎられた。

アロンの暴力的な行為によって、フレイが実際にはどれほどスティラの体に気を遣ってくれていたかを思い知らされる。

フレイとて力尽くだったが、こんなふうに息が出来なくなるほどのし掛かられたことなどないし、痛みに呻くほど腿を摑まれたこともない。

ましてや衣服を破かれたことすら、一度もない。

「とりあえず、既成事実さえあればいい。婚姻前に処女を散らした汚名はあえて被ろうじゃないか。それほど君が魅力的だったのだと、恋に溺れる愚者を演じてあげよう」

歌うように囁いて、スティラのドレスをまくり上げる。脚の間に割り込んできた腰が、腿を強く擦った。

「やめ、て……いやっ！」

「ああそうだ。君の純潔を奪った男が誰か、調べないといけないね」

「な、なぜ――ッ」

どうして今、ここでその話題を出すのか。猛烈に嫌な予感がして、スティラはアロンを凝視した。

粘つくような琥珀の瞳が、愉悦に酔う。

「殺すからだよ。君の体を知る男は、私一人でいい」

「なっ」

当然のように告げられた言葉に、思わず怯む。その隙に大きく引き寄せられてしまい、濡れもせずにぴたりと閉じられているスティラの陰唇に、欲望の先端が触れた。

「いやっ！　誰かっ」

これだけ騒いでも誰も来ないのは、誰も主人に逆らえないからだろうとわかっていたが、叫ばずにはいられない。

抱え上げられた脚を何度もばたつかせたが、ソファがぎしぎしと揺れるだけだった。興奮に熱を持った息が、スティラの耳元に迫る。腰が深く押し込まれようとした瞬間、アロンが「ぎゃっ」と叫んで全身を強張らせた。

「殺すと言われたんだから、貴方を僕が殺しても正当防衛かな？」

声と共に、フレイの姿が視界に入る。驚くあまり抵抗を忘れたスティラを余所に、アロンが呻いた。

「貴様、どうしてここに――ッ」

「どうしてって、客人として来たからだよ。窓を蹴破ってもよかったんだけど、屋敷を訪れるときは正面からにしなさいと怒られたからね」

「ふざけた事を――ぐあっ！　やめ、やめろ――ッ」

怒りを露わにしかけたアロンが、言葉半ばで呻いてスティラの上から転がり落ちる。のし掛かっていた体が退いたことで、フレイの手にサーベルが握られていることに気がついた。

まさかとアロンを見下ろすと、脇腹と背中が赤く染まっている。勢いよくフレイを見上げたが、その顔色はいつもの美貌を平然と保っていた。

そのことにも驚愕している間に、再びフレイの右手が閃く。止める間もなく、サーベルの先端が今度はアロンの肩口に刺さった。

「ぎっ」

「フレイ！　やめなさいっ」

今一度サーベルが引き抜かれたところでようやく体が動き、フレイに飛びつく。フレイは足元のおぼつかないスティラを支えることを優先してくれたが、瞳はうずくまるアロンを未だに見下ろしていた。

冴え冴えとした青が、あきらかに次の一刺しを狙っている。

「フレイ！」

サーベルを握る手を摑むと、ようやく視線がスティラを見た。

「……屋敷に行ったらリーシラがいて、君がここに向かったと教えてもらったんだ」

訊いてもいないのに、アロンの屋敷を訪れた理由を告げる。言葉が足らなすぎて、スティラは戸惑うことしかできなかった。

重ねる言葉を見失っているうちに、フレイの視線が再びアロンに戻ってしまう。

「金目当てで人の恋路に割り込んできておいて、僕を殺すも殺さないもないよね？　死ぬのは貴方なのに」

「え？」

「スティラに触れたことは許しがたいけど、堂々と僕の手で殺せる理由が出来たからよしとしようかな。まずはスティラを見たその目を潰そう」

スティラの手のひらの下で、サーベルが握り直される。

簡単には殺さないと、アロンを凝視するフレイの眼差しが告げていた。

「ひっ、私が、私が悪かった！　殺さないでくれ！　ロバート！　ロバートどこにいるんだ！　私を助けろッ」

「執事のことを言ってるなら、来ないよ」

「――ッ、こ、殺したのか!?」

「どう思う？」

ぞっとするほど美しい微笑をフレイに向けられ、アロンの声が裏返る。真っ青だった顔が紙のように白くなり、琥珀の瞳がぐるりと上瞼の裏に消えた。

泡を吹いて卒倒したアロンに驚きつつ、フレイの腕に縋る。

「フレイ、貴方」

「ん？　ああ、殺してないよ。彼にはエントランスで寝てもらってる」

「……え？」

「僕が現れたとき、彼がこのサーベルを手にしてたんだ。真っ青な顔でね。こんなことになったのは主人を諫《いさ》められなかった自分の責任だと、心中するつもりだったらしい」

「そう、だったの」

「彼に死んでもらっては困るからね。事実を証言する者は必要だ。この男は殺すけど」

淡々と告げながら、アロンの体をフレイが爪先で仰向けにする。

「目を潰すより、スティラの髪に気安く触れた手を切り落とすのが先かな？」

すっとサーベルの切っ先が動かされたことで、フレイの発言が脅しでも冗談でもないとわかり、スティラは戦慄した。

「駄目よフレイ！　やめて！」

「僕以外の男を庇うのかい、スティラ」

威圧的な物言いに怯みかけたが、スティラは瞳に力を込めた。

睨むように互いに見つめ合い、無言で争う。静寂は密着する体の内側を、不意にスティラに伝えてきた。

平然とした顔をしているが、フレイの鼓動が異様に速い。よくよく見れば、吐く息は熱く、額にはうっすらと汗が浮いていた。

「……アロン様が財産目当てだと、最初から知っていたの？」

「この男の賭博好きは、一部では有名だよ。格式ある競馬場どころか、後ろ暗い店にまで顔を出す賭博狂いさ。まさか使用人が全員逃げ出しているほど、財産を食いつぶしているとは思わなかったけどね」

言われてから、人払いがされていたわけではなく、使用人がロバートと呼ばれた執事しかいないのだと知る。

スティラの動揺に、フレイが苦笑した。

「それでも、変装はしていたらしいから、他人のそら似ってこともある。だから――」

言葉半ばでスティラの指に填まっていた指輪に気づき、フレイの指先がそれを摘まむ。

暴れたことで中指に填められていたそれは引き抜かれ、無造作に放り捨てられた。

転がり落ちたことで、ようやく指輪をまともに見る。安物には見えなかったが、特別高価なものにも見えなかった。

　スティラの心が冷めているのもあるかもしれないが、フレイにあれだけ煽られた上で用意した指輪として、彼はこれにどんないいわけや美辞麗句を添えようとしていたのか――。

　今となっては、興味すら湧かない。

「だから、最初に会った夜、確認したんだ。試しに賭博場がある店の名前を並べ立ててやったら動揺してたから、本人だと確定することにした」

「……本当に、わたしに婚約を申し込んだのは、父のお金が目当てだったのね」

　思い返せば、いつだってアロンは二人きりになろうとしていた。今日のように、既成事実を作る機会を狙っていたのだろう。

　結婚さえしてしまえば金が手に入ると、最初から目論んでいたのだ。

「わたしが利用されているとわかっていたから、今まで邪魔をしてくれていたの？　わたしが危険だと知っていたから、今日も追いかけて来てくれたの？」

　信じられないような、くすぐったいような気持ちで、フレイの額の汗を拭う。その瞬間、わずかにフレイの瞳が揺れた気がして、スティラは胸の奥が熱くなるのを感じた。

「……さっき、人の恋路に割り込んでおいてって言ったわよね」

「言ったよ」

「フレイ、貴方……私のことが好きなの？」

「？　当然だろう。今更そんなことを確かめてどうするんだい？」

迷いがないどころか、何をわかりきったことをと言わんばかりの口調で答えられる。だからこそ、スティラの胸の奥を熱くしていた感情に、怒りが混じった。

「……なにが、今更なのよ」

スティラが怒りのあまりわななくと、フレイが僅かに体を傾げて顔を覗き込んでくる。それをキッと睨み付け、スティラはフレイの胸元を両の拳で殴った。

「ぅぐッ!?」

目一杯力を込めたスティラの一撃は、至近距離だったことで、フレイをよろめかせることに成功する。

よほど驚いたのか、フレイの手からサーベルが落ちた。

「いきなりなにをするんだ、スティラ」

「馬鹿じゃないの！　信じられない！　何が今更よ！　貴方の言動のどこに、私に対する好意があったっていうのッ」

「どこって……好意を伝える以外の言動をしたことがないんだけど」

怒りとよくわからない感情に高揚していたスティラに気圧されながら、フレイがぽそりと告げる。

「なんですって……？」

丸く見開かれた翡翠色の瞳に、フレイの美しい顔が映り込んでいた。

第九章　奪われた婚約者

意識を取り戻したロバートが憲兵を呼んだことにより、フレイはアロンの殺害を諦めざるを得なくなった。

スティラは心底安堵したが、担架で運ばれていくアロンと彼に付きそうロバートを見るフレイの目はそれだけで人を射殺せそうなほど冷たく、事情聴取しにきた憲兵を狼狽させる。だが、何よりもスティラを震え上がらせたのは、憲兵の質問に対してのフレイの受け答えだ。冷静に、的確に、いたぶるようにアロンを三度も刺したというのに、憲兵へは「激高するあまり、無我夢中だった」の一言で済ませたのだ。

憲兵はフレイの嘘を疑うことなく深く頷き、その瞳に同情すら滲ませて、二人を早々に解放してくれた。

後日、改めて本格的な聴取があるだろうが、フレイがボロを出すことはないだろう。

憲兵が用意してくれた馬車に揺られながら、チラとフレイを盗み見る。だが、すでにフレイがこちらを見つめていたため、バチリと目が合ってしまった。

「なに？」

「そ、そういえば、まだ、お礼を言ってなかったわね。助けてくれて、ありがとう」

「どういたしまして」

ふわりと微笑まれて、どきりとする。

こんなふうに普通の会話の中で向けられるには魅力的すぎる微笑から、スティラは慌てて視線を逸らした。

膝の上で組んだ指先を弄びながら、普通の会話そのものが久しぶりだと気がつく。

フレイはいつだってスティラをやり込めようとする言動ばかりしてくるので、こういう機会は久しくなかったのだ。

改めて、フレイに助けられ、自分がお礼を言っているという事態を不思議に思う。

フレイがスティラを好きだということも、未だに納得がいかなかった。

「……ねえ、フレイ」

「なんだい」

「わたし、貴方に意地悪言われたり、馬鹿にされたり、威圧的な態度をとられた覚えしかないのだけれど……。それのどこに好意があったというの？」

スティラが思い切って訪ねると、フレイが僅かに小首を傾げる。真っ当な質問のはずだが、考えるような素振りをされると不安になった。

「わたしは、いつも傷ついていたわ。フレイに酷いこと言われるたび、悔しくて、悲しかった」

「うん。そういう顔、させたかったから」

「え？」

「僕に屈しないスティラは綺麗だ。凛としてて、瞳がキラキラしてる。だから、睨まれるとぞくぞくして、君を支配したくなる。でも、君は支配させてくれない。僕のものになって欲しくて、ずっと頑張ってるのに、君は屈しない――。僕のものになってくれない」

僅かに目尻を赤らめて、見えないものを摑むようにフレイの両手が握り込まれる。スティラはその拳を見つめながら、僅かに声を震わせた。

「私を屈服させようとしていたのは、私のことが好きで、欲しかったから……ということ？」

「それ以外に理由が？」

「……フレイ、貴方変よ。普通、好きな相手には優しくするものだわ」

「そうなのかもしれない。けど、僕は優しさが好意を伝える手段として、有効だとは思えない」

「どうして……」

ステイラが驚きに思わず呟くと、フレイの眼差しが馬車の外に向けられた。

「幼かった頃、僕がケヴィンに襲われて、大けがをしたことがあったのを覚えているかい？」

「ええ――」

チラと視線を落とし、フレイの右手を盗み見る。

小指側の側面に牙で引き裂かれた裂傷の跡がうっすらと二本あり、ステイラはあのときの惨状を思い出して思わず目を閉じた。

「よく、覚えてるわ」

「あのとき、僕は痛くて怖くて、抵抗することすら出来なかった。大好きなケヴィンに裏切られたことがショックで、ただうずくまってた。そんな僕を、君が助けてくれた。何者にも屈しない、女王のような眼差しで、声で、ケヴィンを支配した。そんな君の姿が綺麗で――僕は強く憧れたんだ。同時に、そんな君を支配したいと思った」

思いがけない心情の吐露に、瞼を持ち上げる。フレイの眼差しは遠い過去を思い出しているのか、何かを懐かしむようにうっとりとしていた。

「裏切らせない力を持つ、君が欲しかった。裏切られない相手として、君を支配したかった」

穏やかだが、熱の籠もった声で語られる言葉は、スティラの胸を騒がせた。

まるでバラバラだったパズルのピースが次々に組み合わさっていくように、フレイの内側が見えてくる。

ケヴィンに襲われた事が、裏切りとしてフレイの心にとても深い傷をつくっていたこと。

だからこそ、優しさではなく、支配することを愛情表現として受け入れてしまったこと。

その歪みが、スティラにも向けられていたこと。

(フレイにとって、相手を屈服させ、支配しようとする行為は、愛情表現なのね)

裏切られたくないからこそ、支配しようとする。

間違っていると思ったが、スティラはフレイがあのとき、どれほど恐ろしい思いをしたのか知っている。

当時、親の反対を押し切ってケヴィンを処分させなかったフレイを心の優しい子だと思っていたが、実際は違ったのだ。

（恐ろしかったからこそ、遠ざけるのではなく支配しようと考えた……？）

従順にさせることで、フレイは裏切りによって傷ついた心に蓋をした。

当時、彼らが大人びて見えたのは、兄弟ではなく主従になったからだったのだ。

支配することで絶対の絆を手に入れることに、フレイは執着するようになってしまったのだと、スティラは理解した。

スティラへの恋心を、支配することで成就させようと、フレイは必死だったのだ。

あの事件以降、スティラに対するフレイの態度が変わったのは、スティラが欲しかったから——。

フレイの言動のすべては、スティラを手に入れようと口説いていただけなのだとわかった瞬間、スティラの背筋がぞくりと震えた。

眼差しの一つ、言葉の一つに傷つけられていた心が、瞬く間に愉悦で満たされていく。

いつだったか、リーシラがフレイにとってスティラは特別だと言っていた言葉を思い出し、スティラはきゅっと唇を噛み締めた。

「好きだから君を支配したいのに、屈しない君が好きなんだ。だから、僕はいつも困ってた。でも——最近は違う。僕に翻弄される君はすごく色っぽくてそそる。もっと虐めてあげたくなって、どろどろに蕩かしてあげたくなる。やっぱり僕は、スティラが欲しい」

この手に堕ちてきて欲しいと、ねだるように告げられる。

それは歪《いびつ》だからこそ甘美な誘惑で、スティラは心揺さぶられずにはいられなかった。

フレイの美貌が、悪魔的なものに見えてきて、下腹部が熱くなる。

「ねえ、スティラ。いい加減、僕のものになって」

膝の上にあった左手を取られ、薬指の付け根に唇を押しつけられる。歯の跡はもうないのにかつて痛みを感じていた場所がずくりと痺れて、スティラは息を呑んだ。

絆されてしまいたいような、けれどそう簡単に許してはいけないような、複雑な気持ちになる。

「どうして、アロン様の目的はガネット家の財産だと、最初から教えてくれなかったの。知っていたら、わたしだって結婚しようとは思わなかったわ」

「可愛かったから」

「え？」

「最初は腹が立ったけど、僕が嫉妬を見せたら、君は戸惑ってた。そんな顔は見たことがなかったから、もっと見たいと思ったんだ」

確かに、アロンと婚約したと告げた後から、フレイの態度は変わった。

眼差しにも、言葉にも、行動にも、常に妙な色気があり、スティラは急激に狭まった距離感に戸惑ったのだ。

触れてくることなど滅多になかったのに、唐突に男として意識させられ、どうしたらいいかわからなかった。

「どんなに言葉を重ねても揺らがなかった君が、距離を詰めれば詰めるほど違う顔を見せてくれるとわかったら、止まらなくなった。君のすべてが見たくて――」

うっそりと語るフレイが妙な色香を纏い始めたので、スティラは慌てて視線を逸らした。

整いすぎていて無機質に見える美貌に人間らしい欲望が滲むと、凄まじい威力がある。

初めての夜は、それが本当に恐ろしかった。

（そうよ……嫌われていると思っていたフレイに女として見られているのだと知って、怖かった。男の人との力の差を、突きつけられて――）

その上、アロンを裏切ってしまった罪悪感と後悔とで、相当苦しんだのだ。

「貴方のその独りよがりな欲望のせいで、私がどれほど苦しんだと思ってるの？」

「僕に逆らえない君も、とても可愛かった。拒絶する心と抗いきれない体に喘ぐ姿がいやらしくて、綺麗で――ずっと焦らして見ていたかったけれど、いつも我慢できなかった」

「………フレイ」

煌めく青い瞳を見せつけられ、反省すると思った自分が間違っていたのだと悟る。

あまりに違い過ぎる感覚に、スティラは諦めにも似た気怠さを味わわされた。

(この感情を、どう言葉にすればいいかわからない……。ただ、やはりわたしは、フレイを憎めないいんだわ)

理解しがたい愛情表現はともかく、フレイはバートレド公爵の屋敷に踏み入ってまで、スティラを助けに来てくれたのだ。

当主がどれほど愚者だとしても、バートレドの名に与えられている地位と権力は絶大だ。逆らえば田舎貴族の子息の首など刎ねたところで文句を言わせないだけの力を、アロンは持っていた。

今回は執事であるロバートが事のあらましを憲兵に証言してくれたことで、アロンの愚行が暴かれたに過ぎない。

ロバートがもし、徹底的にバートレドという家名を守るために鬼になっていたとしたら、スティラとアロンどころか、両家の一族が汚名を着せられ、失墜されていたかもしれないのだ。

今更ながらに恐ろしくなり、スティラはぶるりと身震いした。

(一歩間違えば、刺されていたのはフレイだったのかもしれないのね)

そう思いかけて、スティラの思考がふと止まる。

何度試しても、「窮地に追いやられるフレイの姿」というものが想像出来なかった。追い詰められれば追い詰められるほど、天使のような微笑を浮かべている姿しか脳裏に浮かんでこない。

そこまで考えたところで、あのサーベルは本当にロバートが持っていたのだろうかと、スティラは疑問に思ってしまった。

愚かな主人のために、スティラが手籠めにされることを一度は容認した男だ。本当はフレイの侵入を拒もうとしたが、逆に言葉巧みに言いくるめられていたのだとしたら――？

相手の罪悪感を、どれほど的確に抉るか思い知っているだけに、スティラはじっとフレイを見上げた。

「フレイ、あのサーベル……」

「ん？」

途中まで言いかけたが、無垢な瞳に警告を感じて、スティラは「なんでもないわ」と問うことをやめた。

憶測がスティラの考えすぎだったとしても、真実だったとしても、それこそ言いくるめられてしまう気しかしない。

フレイは天使の顔をした悪魔であり、王子様の皮を被った獣なのだ。

ようやくそう観念することができ、ステイラは緩く嘆息した。

怖れることも臆することもなく、真っすぐにステイラを見つめてくれている男に、絆されない自信がない。

斜め上に一途なフレイが、じわじわと愛しくなっている自分を、ステイラは否定できなかった。

(……だけど、絆されることと、乙女心は別よ)

それが愛情表現だとわかっているからといって、意地悪ばかり言われては堪らない。

「フレイ、お願いよ……。愛してるなら、愛してると言葉で言って。わたしが欲しいなら、わたしに伝わる態度で示して」

それこそ、フレイは恋愛小説を読むべきだと、ステイラは思った。

恋に恋するような憧れはないが、愛されているとわかる態度で伝えられれば、嬉しくないわけがない。

「時々でいいの。優しくして」

気恥ずかしさから、気弱な声が出た。

甘えるようでいて懇願するような声音は、自分の口から出たとは思えぬほど恋する乙女のようで、ステイラの頬が一気に熱を持つ。

潤んだ瞳で見つめると、ずっとスティラの薬指を撫でていたフレイの指先がひくりと震えた。

　あきらかにうろたえている動きで、フレイが頷く。

「――わかった」

「わかる言葉で言ってと、お願いしたばかりよ」

「愛してる」

「本当に？」

「本当に、愛してる」

　愛の言葉を囁くフレイの声は、予想以上にスティラを高揚させた。

　気恥ずかしさが興奮に薄められて、自分でも知らなかった貪欲な何かが顔を出す。

「足りないわ」

「愛してる。心から。――嘘じゃない」

「もっと」

　無意識に近づいていた距離が、腰を抱き寄せてきたフレイの腕によってゼロになる。胸元に寄り添うように密着し、スティラは唇が触れる距離でフレイを見つめた。

「愛してるよ、僕のスティラ。だから僕の言葉で傷ついて、その顔を見せて。僕の支配を拒む君の心を踏みつけさせて。僕だけに屈する、君の姿が見たいんだ」
「……変態」
罵った瞬間、唇に食い付かれる。
貪るようなフレイのくちづけを、ステイラは初めて素直に受け入れた。
大きく唇を開き、深く重ね合わせる。擦り合わされたフレイの舌に吸い付き、味わう。
ステイラは今更のように、フレイの唾液が甘いことに気がついた。

第十章　翡翠の指輪

バートレド公爵が公私の財産を食いつぶしていたことは、ニュースペーパーの一面を飾るほどの大事件として扱われた。

商家が力を増しつつあるこの時代では、貴族が貧乏であったり破産したりすることはさして珍しくはないことだったが、今回はバートレドの名が皮肉にも扱いを大きくしたのだ。

アロンを一族から追放することで爵位の剥奪は免れたようだが、王と領民の信頼を取り戻さなければならない新公爵は茨の道を進むことになるだろう。

そして、そのとばっちりでスティラは悲劇のヒロイン扱いされ、方々から求婚の手紙が舞い込む事態となった。

記事の片隅に写真が載せられてしまい、その美貌に惑わされた男達が大勢いたのだ。

「傷心を理由に断れるからまだマシだけれど、このひと月は散々だったわ。直接屋敷に乗り込んできた方までいたし……」

スティラが盛大に溜め息をつくと、リーシラがくすりと笑う。他人事ゆえの笑みに、スティラは恨みがましい視線を向けた。

「睨まないでよ。どうせそういうお馬鹿さんには、直接その指輪を見せつけてるんでしょう？」

つん、と左腕をつつかれたので、スティラははしたなく突っ伏していたテーブルから頭を持ち上げた。

眼前に左手を移動させ、ひらひらと手のひらの角度を変える。そうすると薬指に填められた指輪が、陽光を弾いて煌めくのだ。

「大きくはないけれど、綺麗な翡翠よね。貴方の瞳の色だわ」

「そう思う？」

「ええ。そうやって瞳の前にかざしてもらうとよくわかる。探してくれたのね」

愛だわ、とリーシラにぽそりと呟かれ、こそばゆい気持ちになる。スティラは照れを誤魔化したくて、遠くに視線を移動させた。

季節はすっかり夏で、初夏に芽生えた若葉が立派に茂り、濃い青空を背景に美しく輝いている。

真夏の陽射しは厳しかったが、四阿にいるのでからりと乾いた風がときおり吹き抜けるだけで、心地よかった。

アイスティのグラスの中で氷がカラリと崩れる音を聞きながら、夏の空気を胸一杯に吸い込む。

ようやく噂も求婚の手紙も一段落し、こうしてリーシラとのんびりお茶を楽しむ余裕が出てきたことを、スティラは心から喜んでいた。

「いっそ、幼なじみと婚約したことも記事にしてもらったら？」

「いいわよ。世間の話題はもう、サッシェ子爵のスキャンダル一色だもの」

「それもそうね。あら、噂をすれば」

「え？」

リーシラに促されてスティラが顔を上げると、蔦薔薇のアーチの奥からフレイが歩いて来ていた。

「薔薇が似合うわねぇ、貴方の魔王様は」

四阿に近づく姿を、リーシラがからかう。

スティラが真実を打ち明けたとき、リーシラは最初こそフレイに対して驚き憤ったが、ここ一ヶ月のスティラに対する献身ぶりを見て考えを変えたようだった。

ニュースペーパーが出たばかりの頃、見世物状態だったスティラを何かと守ってくれたのがフレイだったのだ。

王子様ではなく魔王様と言うのは、彼女なりの皮肉だろう。

フレイはスティラの前に来ると、当然のように左手をとり、指輪にくちづけた。

「今日も綺麗だね、スティラ。リーシラ、僕もご一緒していいかな？」

「どうぞ。というか、私はお暇《いとま》するわ。馬に蹴られたくはないもの」

まだまだ話していたかったのでスティラは引き留めようとしたが、ためらわずに席を立たれてしまう。

仕方なくまた会う約束をして、スティラはリーシラに別れを告げた。

「君は本当にリーシラが好きだね」

フレイの分の紅茶を用意してからスティラが再び席に着くと、フレイが感心するように告げる。

少し呆れが混じっている気がしたが、スティラは無視して頷いた。

「当然よ。リーシラほど私を理解してくれている人はいないもの」

「聞き捨てならない言葉なんだけど」

「事実よ。フレイは意地悪だもの」

「僕の愛情表現を否定するのかい？」

含みのある笑みに口端があがり、青い瞳が真意を問う。スティラは蜂蜜を紅茶に垂らしながら、その視線をあえて横顔で受けた。

フレイの心を知るまで、スティラはいつも、敵を迎え撃つような心境でフレイと対峙していた。

負けまい、屈しまいと背筋を伸ばし、いつだって不安と怯えを隠すために、意識して毅然とした態度で振る舞っていた。

だが、今はもう、そんなふうに身構える必要はないのだ。

スティラを脅かしていたもののすべてが愛だったのだと知った今、フレイの言葉はすべて甘く響く。

たとえそれが挑発でも、蔑みでも、スティラにとっては甘美な誘惑だ。

これが恋するということなのかと時折思っては、スティラは不思議な気持ちになっている。愛しいと思ってしまったが最後、フレイの言動のすべてが、スティラの中で色を変えてしまった。

「否定して欲しそうな顔してる。どうしようかしら」

「……どう考えても、今は君のほうが意地悪だ。その薬指を指輪ごと食いちぎって、食べてしまおうか」

「薬指だけでいいの？」

目の前に左手を差し出すと、フレイが苦く笑う。スティラは言い負かせたことに満足して手を引こうとしたが、すぐさま掴まれて思い切り引き寄せられた。

「きゃっ」

フレイの胸に倒れ込む形で縋らされ、唇を奪われる。

吐息を数回交わすだけのくちづけだったが、スティラの顔は真っ赤になった。

「や、やめてよ。誰かに見られたらどうするの」

「もう見られても問題はないのに、何が恥ずかしいの？」

「だとしても、恥ずかしいわよ。こういうことは、外でしないで」

少し前、フレイを見送るときに不意打ちでされたくちづけをフィーナに見られていたらしく、散々騒がれたのだ。

うらやましい、初々しいと喜んでいたが、実際はとうに体も繋げてしまっている。

そのことが羞恥に後ろめたさを加算させ、スティラはなんともいたたまれない気持ちにさせられた。

　ああいう目には、今後なるべく遭いたくない。

「じゃあ、君の部屋でならいい？」

　手首を摑んでいた指先が手のひらを這い、指が絡められる。再び近づいてきた唇が耳元に押しつけられ、スティラはぞくりと背筋を震わせた。

「だ、め……に、決まってるでしょう。わたしたちは、まだ夫婦ではないわ」

「初夜は済んでるのにね」

「馬鹿……。父に知られたら、結婚式まで屋敷に入れてもらえなくなるわよ」

「それは困る。敷地に入るのはともかく、君の部屋のバルコニーまで登るのは結構大変なんだ」

「登ってきても部屋には入れないわよ」

「あまり酷いことを言う口は、塞いでしまおうか」

「あ、フレイ――ッ、んっ」

　フレイの舌がぬるりと口内に入り込み、スティラのそれに擦りつけられる。

　追い出そうとしたがフレイの舌先は器用に逃げ回り、スティラの口内を余すところなく味わっていった。

　上あごを擽られて身震いしたスティラのうなじを、熱い手のひらが優しく撫でていく。

指先で耳殻を弄ばれると気持ちが良くて、スティラは鼻から甘い吐息を零した。

「んっ……フレ、イ。だめ」

「もう少し」

零れかけた唾液を啜られ、とうに力の入らなくなった体が長椅子に押し倒される。ドレスのスカートをたくし上げた手が腿に這い、スティラは奥が濡れるのを自覚した。

本当は、スティラとてフレイと繋がりたい。

歪んだ愛情を理解できるのは自分だけだと受け入れてしまったときから、心だけではなく体でもフレイを受け入れたくて堪らなかった。

「だめ……フレイ、だめよ」

「そんな甘い声で抵抗されたら、余計止まれないよ」

下着に滑り込んだ指先が、容易く陰唇を割り開く。ぬくりと押し込まれた指をぎゅっと締め付けてしまい、フレイの吐息が笑った。

「ここは欲しいって言ってるみたいだけど」

「ちが――っ」

言葉では否定しても、指一本に歓喜して、肉壺がどんどんと潤っていく。

それを知らしめるように指が入り口を広げるように壁面に押しつけられ、出来た隙間からどろりとした蜜が滴った。

それを受け止めたらしい手のひらが、膨らみ始めている肉芽に押しつけられる。

そこを圧迫されながら指を小刻みに揺すられるとぴりぴりと指先が痺れて、スティラは呼気を震わせた。

「んっ、だ、め――だめ、よ」

「どうして？」

「誰か……きた、ら――っ」

「誰も来ないよ。たぶん、ね」

安心させると見せかけて、不安を煽られる。

やめさせなければと理性では思っていたが、二本に増やされた指を奥まで押し込まれると、頭の芯が痺れて与えられる快感を追ってしまう。

「はぁ、あっ――んんっ」

「もう、中がどろどろだよ、スティラ。気持ちがいいの？」

蔦薔薇のアーチはフレイの位置からしか見えないので、スティラは不安を抱えたまま、あと少しだけ、もう少しだけ、とフレイの指を受け入れてしまっていた。

「息が浅いよ。見られるかもしれないから、興奮してる？」

「ちがっ」

「ほら、今締まった。鼓動もすごく速い。ああ、胸も可愛がってあげたいけれど――」

「それはだめっ」

反射で叫んだスティラをからかう眼差しが細められ、僅かにはだけられた襟をかき分けた唇が胸元に押しつけられる。

「さすがにここでドレスを脱がすのだけは、やめてあげる」

ささやかな谷間に舌を押し込まれるとぞわりとうなじが痺れ、スティラは小さく喘いだ。

「んっ――や、ぁ」

触れられてもいないのに、コルセットの下で赤い蕾が硬く膨らむのがわかる。もどかしい感覚にスティラが身を捩ると、奥をかき混ぜていた指先が引き抜かれた。

生温かいぬめりが内腿に塗りつけられ、スティラを期待に昂ぶらせる。下着から片足を抜くと、フレイはスティラの脚を抱え上げた。

「指だけでイかせてあげようと思ったんだけど、やっぱり君に入りたい」

「フレ、イ……だ、」

「だめって、言って」

これ以上はと身を起こそうとしたスティラを、欲情に潤んだ青眼が射貫く。否定をねだるフレイの声はいやらしくて、スティラの下腹部がずくりと痛んだ。

スカートで見えないが、生々しい熱を持った塊がひくつく割れ目に押しつけられる。思わず腰を引くと、わざとらしく僅かに押し込まれた。

「あっ、だめっ——ッ」

思わず口をついた言葉にフレイが嬉しそうに笑い、そのまま腰を押し進めていく。

「ぁ、っ——あっ、んぅっ」

「だめって言いながら、欲しそうな顔をする君は堪らない」

言葉とともに、熱い吐息が首筋を撫でる。

今までにないほどゆっくりと押し入ってきた雄芯の存在感は凄まじく、スティラはそれだけで軽く内腿を痙攣させた。

紛れもない歓喜に、体が内側からとろけていきそうになる。今はまだだめだとわかっているのに、体が喜ぶのを否定できなかった。

「ああっ、フレイ」

「——ッ、スティラ、搾らないで。保《も》たない」

「そんな、こと……してなっ」

奥まで押し込まれたと思ったら、同じようにゆっくりと引き抜かれる。

それを何度も繰り返され、スティラはもどかしさに気が狂いそうになった。

「や、あっ——そん、なっ——ゆっくり、しな……で」

「激しくしたら、気づかれてしまうかもしれないよ」

「でも、でも、ぉ」

ぬちり、ぬちり、と控えめな水音が結合部で響き、もどかしさに拍車をかける。

堪えきれずにスティラが腰を揺すると、フレイが低く呻いた。その声にすら感じて、肉壁が蠢く。

「っ、スティ、ラ——煽らないで」

「も、やぁ——っ」

快感の広げどころがなくて四肢でしがみつくと、ひくっとフレイの体が揺れた。

「どうして君は、そう——ッ、仕方ない、な……」

僅かな間を置いて、いきなり唇に噛みつかれる。

驚く間もなく強く穿たれて、スティラは声も無く喘いだ。

唐突に始まった激しい律動はスティラが望んだものだが、焦らされて過敏になった体には強すぎて、目の裏に何度も火花が散る。

「——ッ、っ、んふっ——ンンッ」

声で逃がせない快楽が、行き場を求めて体中を駆け巡り、スティラを混乱させる。

容赦のない攻めに、スティラの体は逃げようと身悶えたが、逞しい腕がそれを許さなかった。

子宮口をガツガツと穿たれる衝撃が脳天まで突き抜けては弾け、何度もフレイの舌を噛んでしまう。

それを申し訳ないなどと思う間もなく、スティラはフレイから与えられる快楽に、ただただ翻弄された。

奥深く押しつけられた欲望が、どくりと脈打つ。

低い呻きを喉奥に呑み込みながら、スティラは下肢に放たれた熱を受け止めていた。

「ぁあ……ぅン、んッ」

下腹部に広がる熱に心も体も満たされて、絶頂に痙攣する奥がフレイを締め付けてしまう。

「――ふっ」

フレイの甘い吐息に煽られた膣壁がもっととねだるように蠕動するのがわかり、スティラは堪らず仰け反った。

くちづけが解け、互いの荒い呼気が唇を湿らせる。

「はぁ、はっ……フレ、イ……あぁっ、あ！」

過敏になっている内側をかき混ぜるように腰が動かされ、びくびくと膝が跳ねる。

「スティラ、あまり誘わないで。一回じゃ終われなくなってしまう」

萎えるというにはまだ芯のある雄に密壺を擦られて、身悶える。

「や……だめッ」

「ああ、確かに……この体勢じゃ、見つかったときに言い訳しづらいな」

熱っぽい囁きをスティラの首筋に落とすと、フレイはスティラの体を抱き上げた。

「ぁ、ひぁっ」

繋がったまま腰に座らされ、深まった結合に背が仰け反る。

華奢な体が逞しい腕によって引き戻されると、スティラは震える腕でフレイの首筋に縋った。

「ぁ……あっ……」

鈍く内臓を押し上げてくる熱杭を自重で呑み込まされ、ひくん、ひくん、とスティラの腰が揺れる。

緊張による締め付けをうっとりと味わいながら、フレイは乱れていたスティラのスカートを直していた。

「はぁ……本当に、君の中は気持ちが良い」

「ばか……ばか……ぬい、て」

「大丈夫だよ。この体勢なら、端から見れば君が僕の膝上で甘えているようにしか見えないさ」

「うそ……嘘っ」

横抱きにされているならわかるが、跨がっているのだ。

スティラのスカートの下で淫らな行為が行われていることなど、一目瞭然に決まっている。

「だめ、ぇ」

「臆病だな、スティラは。どうせ来るとしてもシャンネだろう？　彼女なら、口は堅いさ」

フレイは宥めたつもりだろうが、具体的な目撃者の名前を出されたことで、スティラの中で恐怖が膨らむ。

だが、何度上から退こうとしても、がっちりと腰と背を抱いた腕に阻まれてしまっていた。

「っ……君が藻掻くと、気持ちがよくて治まるものも治まりそうにないんだけど。それとも治まるのを待つより、君が動いてイかせてくれる？」

　こうやって、と腰が僅かに持ち上げられ、また落とされる。

「ぁんっ」

　粘液が混ぜられる感触にスティラが息を呑むと、フレイが悪魔のように囁いた。

「そのほうが、君を早く解放してあげられるかも」

◇　◇　◇

　気怠い体を持て余すようにフレイに寄りかかり、未だに熱い吐息をゆっくりと吐き出す。

　甲斐甲斐しい唇が手や頬に触れてこそばゆかったが、くすぐったいと退けるだけの気力がスティラにはなかった。

「スティラ、そんなに色っぽい顔をしてたら、僕に抱かれたとばれてしまうよ」

「だめって、言ったのに」

「僕のものになってから、一度も抱かせてもらえてなかったんだよ？　もう限界だった。

君に包まれる快楽を知ってしまったのに、ひと月も我慢させられるなんてあり得ない」

「わたしだって……我慢してたのに」

思わず零した言葉に、スティラの指先を弄んでいた動きが止まる。フレイがこちらを見たのがわかったので、スティラも見上げた。

「僕が欲しかったの……？」

そうじゃなかったら、誰がこんな危ない場所で、自ら腰を振るものか。

半ば強制だったとはいえ、断固として拒否できないほどにはスティラとて飢えていたのだ。

「……わ、わたしだって、貴方に抱かれる心地よさを覚えさせられてしまったもの」

「可愛い、スティラ。もう嫌だと本気で泣き叫ぶくらいめちゃくちゃに抱いて、失神させたい」

劣情を隠しもしない青い瞳を向けられると、未だに痺れている場所が疼いてしまう。

下着で押さえてはいるが、注がれたものが溢れてしまいそうになって、スティラは息を詰めた。

「……ばか。変態」

「そうだね。僕は君のこととなると、おかしくなってしまうから」

淫靡な表情で肯定され、妙な興奮と愉悦を煽られる。

ステイラがごくりと息を呑むと、フレイの指先がステイラの頬を撫でた。

「君を支配したいと思う気持ちが、どんどん凶暴になっていく気がする。大切にしたいのに、引き千切って踏みつけたくなる」

ぞっとするような告白に、ステイラの背筋に悪寒が奔る。だがその感覚は怯えと同じくらい官能も生み出し、ステイラの鼓動を速くした。

フレイが異常であればあるほど、受け入れられるのは自分だけだという優越感が、ステイラの自尊心を満たす。

「フレイは、本当にわたしを誰にも奪われたくないのね」

とろりとした声は、自分のものではないようだった。

もう誰にも背いてはいないのに、どうしてか背徳感が消えない。それはステイラになんとも言えない色香を纏わせ、フレイの瞳を潤ませていた。

「ああ、そうか。手に入れたからこそ、僕は余計に不安になってるのか」

ようやく得心が行ったという顔で、フレイが頷く。

「なんとなく、君が僕にちゃんと言葉にして欲しいと願った気持ちが、わかった気がする」

「言って欲しいの？」

「そうだね。言って欲しい」

耳裏に擦り寄ってきた鼻先が僅かに乱れていたスティラの髪を揺らし、うなじを擽る。

身を捩ると、力強い腕がスティラを抱き寄せた。

「スティラ、愛してるって言って。僕を愛してるって」

「――愛してるわ。わたしのフレイ」

終章　運命の人

社交期を終え、領地にある城館に戻ると、すぐに結婚式に向けての準備が始まった。

アロンの一件からくるスティラへの影響を慮り、内々で済ませることに決まったとはいえ、伯爵家として質素なものにするわけにはいかない。

あくまで規模を絞っただけの、豪奢《ごうしゃ》なものにしなければならない。

田舎貴族だからこそ、領民や周辺貴族へ見せつけておかねばならない権力もあるのだ。

「――なんてことを考えてるのは、うちの父だけだろうけどね」

招待客のリストをチェックしながら、フレイがつまらなそうに言い捨てる。

式の日取りが決まってからというもの、毎日しつこく跡継ぎとしての自覚を、と説教されているらしく、珍しくふてくされ気味だ。

衝立《ついたて》の奥で不満そうな顔をしている姿が想像できて、スティラはくすりと笑った。

「今、笑ったね、スティラ」

「だって、フレイったら、子どもみたいだわ」

「男はいくつになっても子どもだよ？」

「あら、困ったわ。子どもには嫁げないわね」

意地悪く返すと、フレイが押し黙る。ウエディングドレスの着付けをしてくれていたシャンネが、目だけで笑った。

それに同じように笑みを返して、スティラは鏡に映る自分の姿を見た。

スティラがウエディングドレスとして想像するのは、レースをふんだんにつかったふわりとしたデザインのものだったが、今、身に纏っているのはそれとは真逆のものだ。

胸元から膝までがぴたりと体のラインに添うように縫われた、マーメードラインのドレス。ウエスト部分に搾り飾りが作られ、後ろに垂らしたリボンに沿うように下まで流れる多重レースの襞が美しい。

それは足元に広がるエルヴィナ編みのレースと交ざり、波紋のように足元を飾っていた。

この地域では見慣れぬ斬新なデザインだったが、それがスティラに良く似合っていることは、両家の親からも反対されなかったことが物語っている。

背が高く足の長いスティラの美しさを、存分に引き立ててくれるドレスだった。

「仮り縫いのときから見てきましたが、本当にお美しいですわ、お嬢様。シャンネは感無量です」

「ありがとう」

「どこか違和感はございますか？」

「胸が痛いわ」

笑い混じりに答えると、シャンネはただ無言で頷いた。

我慢しろ、ということだろう。

一生に一度の晴れ舞台だからかは知らないが、いつになく寄せて上げられた胸元の丸みを、なんとも言いがたい気持ちで撫でる。

いつもより二割増しで強調された胸の膨らみにスティラとて多少のときめきを覚えているが、気恥ずかしさは拭えなかった。

「御髪《おぐし》は……本当にお任せしてよろしいのですか？」

足元のレースを歩行の妨げにならぬよう纏めてくれながら、シャンネに問われる。

今一度念を押すような眼差しに、スティラは眉尻を下げた。

「いいのよ。やらせて欲しいんですって」

「わかりました。では、馬車の準備が出来ましたら、お声かけいたします」

「お願いね」

慇懃《いんぎん》な一礼をしてから、シャンネが部屋を出て行く。

そう間を置かずに、衝立が脇に退かされた。

仮縫いのときにフレイにも見られているのに、どうしてか恥ずかしくてうつむく。

だが、自分の姿を見られるよりも、初めて見たフレイの婚礼衣装姿のほうが強烈だった。

真っ白な燕尾服を纏うフレイは格好良すぎて、目が潰れるのではないかと本気で思う。

「僕に見られるのが恥ずかしいの？　それとも、僕が素敵すぎて直視できない？」

「そんなこと……ないわ」

「じゃあ、似合わなすぎて目も当てられない？」

微塵も思っていないだろう言葉を告げながら、青い瞳がスティラを覗き込んでくる。

視界に入れると心臓が爆発してしまいそうで、スティラは慌てて顔を逆に移動させた。

「フレイ、意地悪言わないで」

「先に僕を虐めたのは君だよ？」

耳元に唇を寄せながら囁かれて、ひくりと肩が揺れる。

頬に零れていたスティラの髪をフレイの指先が掬い、なまめかしい仕草で耳にかけた。

そのまま耳裏を回った人差し指が、顎に滑り降りてきて顔を上げさせられる。

視線だけは合わせられなくて僅かに逸らすと、視界の隅で綺麗な唇が笑みに撓った。

「今の顔、すごくそそるんだけど……まさか抱いて欲しいの？」

「馬鹿っ」

腰に回された腕に引き寄せられて、瞠目する。羞恥を堪えて青眼を睨むと、触れるだけのくちづけが唇に落とされた。

それだけで指先が痺れ、体がどこかに浮いてしまいそうになる。

改めて婚礼衣装姿のフレイを直視させられ、スティラは瞳を潤ませた。

とうとう夫婦になるのだという感慨が一気に押し寄せてきて、高揚に頬が熱を持つ。

「綺麗だよ、スティラ。ドレス、すごく似合ってる」

「……あ、ありがとう」

「本当に綺麗だ。こんなに綺麗な君が、僕のものだなんて……堪らないな」

天使のような顔で蕩けるように告げられては、スティラのほうがのぼせてしまう。

スティラはぎこちない動きでフレイの腕を腰から外させ、用意されていた椅子に腰掛けた。

「恥ずかしいことばかり言っていないで、髪を結って」

「そうだね。このまま見つめ続けていたら、一日が終わってしまいそうだ」

嫌味の代わりに睦言を囁くようになったフレイの、なんと質の悪いことか。

スティラは動悸の収まらない胸元をそっとおさえ、深呼吸をした。

最初からこうやって口説かれていたら、スティラなど簡単にフレイの手のひらで踊っていただろう。

だが今となっては、あの不器用というよりは意味不明な求愛のほうが愛しい。

まるで自分のものであることを確かめるように、丁寧に髪を梳くフレイの姿を鏡越しに見ながら、スティラは今の幸福を噛み締めた。

「できたよ、ほら」

仕上げに差し込まれた髪飾りが、キラキラと陽光を反射して煌めく。

美しくまとめ上げられた髪にそっと触れてできばえを確かめ、スティラは微笑んだ。

「素敵。ありがとう」

「さあ、もう一度だけ僕にその姿を見せて、スティラ」

「ええ」

差し伸べられた手を支えに立ち上がり、フレイと向き合う。

フレイは三歩ほど後退してからぐるりとスティラの周囲を一回りし、再び正面にくると、

剝き出しの肩にそっと手のひらを滑らせた。

形を確かめるように二の腕から首筋までを往復し、鎖骨に指を滑らせる。

手の甲が猫を撫でるように顎先までを撫で上げ、スティラはぞくぞくと身を震わせながら上向いた。

「フレ、イ……あまり、触らないで」

「どうして？」

問う眼差しを向けながら、親指の腹がスティラの唇に押しつけられる。

ふに、ふに、と弾力を確かめるように何度か押されると堪らなくなって、スティラは薄く唇を開いた。

僅かな隙間に、親指が押し込まれる。前歯を擦りながら舌先に触れたそれを、スティラは緩く嚙んだ。

「欲情してるの？」

挑発的な問いに、眼差しだけを返す。

フレイは暫くスティラを見つめていたが、やがてゆっくりと顔を近づけてきた。

瞼が半分下りたところで、吐息が囁く。

「いいの？　口紅がとれてしまうよ？」

ただ触れるだけのくちづけでよかったのにそんなことを言われて、スティラの腰がずくりと疼く。

答えるかわりに大きく唇を開くと、深くくちづけられた。

すぐに絡んだ舌が、くちゅりと音をたてて馴染む。

フレイの少し冷たい唇が心地よくて、スティラは自ら背に腕を回して引き寄せた。擦りつけるように唇を合わせ、角度を変える度に欲情に濡れていく互いの瞳を確かめ合う。

赤く色づいたフレイの唇は、スティラを獣に変えてしまいそうなほどいやらしかった。

興奮に痺れた頭がぼうっと熱を持ち、鎖骨を甘噛みされる心地よさに喘ぐ。

「ぁ、フレイ……フレイ」

「そんな声で呼ばないで。さすがにウエディングドレスは着付け直せない」

苦笑交じりの吐息が胸元に落ち、ちゅうと音を立てて左の膨らみに吸いつく。

寄せられたことで張り詰めていたそこは敏感になっていて、それだけでスティラの頂きは硬く張り詰めた。

そこを痺れるほど吸って欲しいが、唇は離れてしまう。

「フレイ、わたし……んッ」

名残惜しげに追いかけた唇をかわりのように強く吸ってもらい、スティラは熱い吐息を零した。

「……目を閉じて、スティラ」

「どうして」

「君の翡翠に見つめられると、結婚式がどうでもよくなってしまいそうで怖い。僕は君を、見せびらかしたいのに」

「見せびらかしたいの？」

目を閉じさせられながら、問い返す。

なんとなく、自分の物は誰にも盗《と》られないよう閉じ込めたがると思っていただけに、その言葉はスティラにとっては意外だった。

「そうだよ。君を手に入れはぐった愚鈍な男たちに、君が僕のものだと知らしめるのが、気持ちいいんじゃないか」

そこまで言われると、ああ、やはりフレイはフレイなのだと納得する。

「性格悪いわ」

「褒め言葉だね」

思わず笑うと、唇に指先が触れた。

端から端をなぞる動きで、紅を差し直してくれているのだとわかる。

塗りやすいように、スティラは僅かに上向き、薄く唇を開いた。

「ああ、駄目だよ。そんなことしなくていい」

「でも、このほうが塗りやすいでしょう？」

「またキスしたくなる」

「して欲しいわ」

「スティラ。僕を困らせないで」

困らせる。

フレイを困らせることができるなんて、なんて素敵なことだろうと、スティラは胸を熱くした。

うっすらと瞼を持ち上げると、間違いなく困り顔のフレイがそこにいる。

その表情の色っぽさに、スティラはあらぬ場所が濡れるのを感じて、思わずごくりと唾を呑み込んだ。

受け入れただけだったはずのフレイの心理を、僅かに理解してしまった気がして戸惑う。

「スティラ？」

僅かな異変に気づいてか、フレイがスティラの瞳を覗き込んでくる。

そこでようやく、フレイの唇からすでに紅が拭われていることに気がついて、カッと下腹部が熱くなった。

　フレイの首に両腕を回し、唇に唇を押しつける。唐突なくちづけにフレイは面食らったようだが、すぐにスティラの腰を抱き寄せてくれた。

「……スティラ」

　咎めるような声音に、あえてうっとりとした眼差しを返す。

「フレイがわたしを虐めた気持ちが、わかってしまった気がするわ」

「え？」

「困ってる貴方って、とてもセクシーよ」

　スティラがそう囁くと、フレイは微かに瞠目したが、その表情はすぐに悪魔めいた微笑に変わった。レースをかきわけた両手が、スティラの臀部を鷲掴む。

　互いの下肢を押しつけるように強く揉まれて、スティラは声もなく喘いだ。

「可愛いスティラ。その拙さに僕がどれほど煽られるか、自覚したほうがいい。僕を手玉に取ろうとする君の自由を奪って、失神するまで犯したくなる」

　これから教会で永遠の愛を誓おうとしている男が口にするには生々しい発言だったが、それに欲情してしまったスティラも同罪なのだろう。

「……夜まで待って」

「嫌じゃないの？」

「嫌だったら、ここで花嫁衣装なんて着てないわ」

「そうかな……？」

嫌がろうがここに花嫁として立たせていたと、甘すぎる眼差しが伝えてくる。

仄暗い執着の片鱗を垣間見せられ、スティラは背筋を震わせたが、恐怖は微塵も湧かなかった。

「スティラ、舐めて」

近づけられた唇に、そっと舌を這わせる。

言われるまでもなく丁寧に紅を舐め取ると、ご褒美のように耳裏に唇が吸いついた。微かな官能に、吐息が零れる。

「夜、楽しみにしてる」

「直前になったら、嫌だと言うかも」

「そんなに僕を楽しませたいの？」

美しい笑みに獣の気配を滲ませて、フレイが囁く。痛みを伴うほど耳朶に歯を立てられ、スティラは身を震わせた。

逃れられない檻《おり》ほど、心安まる場所はない。

それこそが、ステイラがフレイを繋ぎ止める鎖だ。

スティラとて、フレイに愛していると告げた瞬間から、並々ならぬ執着を抱いている。

初めて女として望んでくれた男を、手放せるわけがなかった。

フレイの歪んだ愛情に引きずられている自覚はあったが、今更引き返せない。

「どう足掻いても、わたしの夫はフレイだったのかしら」

「そうだよ。それが僕に愛されてしまった、君の運命だ」

互いに見つめ合い、静寂を共有する。

暫くして扉がノックされ、スティラは差し出されたフレイの手をとった。

あとがき

こんにちは、朝海《あさみ》まひるです。

この度は、拙作をお手にとっていただきありがとうございました。少しでもお楽しみいただけていたら幸いです。

今回、気の強いヒロインが書きたいです！　と言ったら、いいよと言ってもらえたので、書いてみました。

気の強いヒロインなら、ヒーローはドSよね！　と、勝手に決めつけ、スマートで格好良い感じにしようとしたのですが、結果はご覧の通りです。

気がついたら、異常執着なうえに愛情表現歪んでる変態になってました。謎です。

でもソーニャさん的にはバッチコイ！　みたいでしたので、楽しく書かせていただきました。

可愛い子ほど虐めたいという感情も不思議ですが、食べちゃいたいくらい可愛いという感情も不思議ですよね。

にゃんこと暮らしている、もしくは暮らしたことがあるという友人知人に、「にゃんこの頭（顔？）をくわえたことがあるか」と、よく問うのですが、今のところ全員にイエスという回答をもらってます。

主に仔猫のときみたいですが、あぁもうかわいい！　かわいい！　はむ！　という感じで、みんな一度は顔を口にいれているという……。不思議です。

鳥好きな子も「やる！」と言っていた記憶があります。

本気で食べたいと思う人は殆どいないと思いますが、なんで可愛いと口に入れたくなるんでしょうかね。人間の心理は謎です。

調べれば納得のいく理由があるんでしょうか？

そんなことをつらつらと考えながら、初夜で汚れたスティラのガウンをフレイはどうしたのか、というささやかな疑問も頭の隅に抱くのです。

わかりきった答えがあることには目を逸らしつつ、とりあえず二人が今後も幸せであればいいな、と思います。

子どもができたら、フレイはまず間違いなく大人げない嫉妬をすると思うので、スティラは大変そうですが、子どもが二人いるようなものなのできっと乗り切れると思います。たぶん。

さて、こんなところまで読んでくださり、ありがとうございました。
次もまた、お会いできることを願って！

二〇一三年　夏　　朝海まひる

この本を読んでのご意見・ご感想をお待ちしております。

◆ あて先 ◆

〒101-0051

東京都千代田区神田神保町2-4-7 久月神田ビル7階

㈱イースト・プレス　ソーニャ文庫編集部

朝海まひる先生／藤村綾生先生

奪《うば》われた婚約《こんやく》

2013年8月6日　第1刷発行

著　者　朝海《あさみ》まひる

イラスト　藤村綾生《ふじむらあやお》

装　丁　imagejack.inc

DTP　松井和彌

編　集　馴田佳央

営　業　雨宮吉雄、明田陽子

発行人　堅田浩二

発行所　株式会社イースト・プレス
〒101-0051
東京都千代田区神田神保町2-4-7 久月神田ビル8階
TEL 03-5213-4700　　FAX 03-5213-4701

印刷所　中央精版印刷株式会社

ISBN 978-4-7816-9512-9